O cuidado dos sonhos
Histórias de folias e sombras

Guilherme Boldrin

cacha lote

O cuidado dos sonhos
Histórias de folias e sombras

Guilherme Boldrin

O MEDO DE AMAR	9
CONVERSA COM DARIUS	19
A BABOSINHA	23
TUTTI-FRUTTI	33
O CUIDADO DOS SONHOS	45
TODOS OS RIOS O RIO	51
LENA	55
FILHO DA LUA	63
A FOLIA DE RESH	67
A PROMESSA QUE NÃO SE DEVE	79
SUA COR FAVORITA	85
UM BOSQUE QUE SE CHAMA SOLIDÃO	91
BALADA DE SÃO JORGE	105
FLOR E ÍRIS	109
SAIR POR AÍ	113
O LOUCO	117

*Nem sempre é sábio duvidar do que parecer ser.
Venho aprendendo que é bom, às vezes, crer no que parece ser.
Pois o parecer ser, quando ninguém ainda percebe, é o ser.*

Conceição Evaristo

O fundo dos sonhos é como a lagoa primordial, de onde cresceram os primeiros seres da terra. Daquela água pouco se sabe, ainda que tudo seja feito dela.

    Sei que o Pierre, silenciosamente, nunca aprovou minha decisão. Mas morar no casarão da rua XV era um modo de pagar as contas e viver com espaço, já que casas velhas e decadentes são mais baratas, especialmente quando se divide o aluguel com um casal apaixonado. O caso é que com o tempo os espaços, as pessoas e as coisas se aninham nas nossas margens. Era um casarão enorme, com vários quartos, teto alto como o de uma abadia, portas altas incrustadas nas paredes. Os dois moradores, um casal de brancos apaixonados, viviam pálidos entre os ruídos de suas aventuras de madrugada. Por um tempo, éramos um tanto alheios, respeitosos em acenos, bom-dias, sinais sutis de cabeça, demais eu me via espiando com os ouvidos, entrecortado por gemidos noturnos, risos, vozes embriagadas em noites de verão. Contraste com o meu soturno. Suspeito que minha presença vaga era ideal nesse arranjo de discrição arrebatada, ajudando com os custos e alimentando uma vaga presença, como eu fosse um bichinho amigável. A princípio, os dois não se interessavam por mim. Eram notívagos, tanto quanto eu gostava de amanhecer logo o sol nascia. De fato, eram estranhos, meio fundidos um no outro. Seus narizes já pareciam tão iguais quanto suas bocas. Suspiravam baixo, suas vozes sussurradas. Posso dizer que me incomodavam menos do que gatos que brigam na rua de madrugada, com um certo ar de selvageria que me fazia bem, já que eu cuidava de me manter absorto em minhas investigações e aquele teatro iludia qualquer inércia excessiva.

O caso era que em certos dias os amantes se dividiam bruscos. Era quando eu mais percebia e era percebido em olhares que se alimentavam mútuos no caminho para o banheiro ou em conversas já esquecidas sobre filmes e discos na cozinha. Ele tocava um acordeom velho sentado na janela, assobiando para quem via na rua. Ela dava de sentar suspirando no jardim. A verdade é que pareciam de outro século, quase de outro planeta. Naquele tempo isso me provia um conforto externo, um doce que se come de madrugada com a geladeira aberta. De cinza em cinza, a presença contribuiu pros meus passos. E de pensar que nesse tempo nunca tomei um cálice de vinho tinto.

Como Pierre sabe muito bem, sou um homem discreto. Não, eu não prezava por muita coisa divergente. Apenas ia vivendo. Nunca fui afeito aos prazeres exacerbados da carne. A paixão, vivi cedo, pela menina Isabel, na escola. Quase morri do peito. Depois, nunca mais. Das coisas da carne confesso que tive sempre um pouco de nojo, e de fato, como os olhos de Pierre bem esclarecem, devo guardar no fundo algum bloqueio ou reprimenda. Preferia ouvir os sons do que misturar as carnes. Os planos eram entregar meus receios para uma analista, segundo uma recomendação intuitiva. Basta dizer que sendo de tal temperamento, a princípio não fantasiei qualquer regalia de relações com o casal. O rumo deles foi diferente.

A tímida Francesca, esse era o nome dela, um dia chegou no canto frio do quarto e me sorriu. Eu ignorei, mas ela prosseguia meio que esfregando suas pernas confusas na mobília, como que rastejando sinuosa pelos meus papéis de escrita assêmica, vislumbrando as manchas que criavam desejo de ouvir histórias da minha árvore genealógica. Eu respondia, naturalmente, com respeito, mas como quem apenas abre a fresta de um baú sem deixar encontrar os segredos subterrâneos. Na mesma noite, Júlio me chamou para um charuto na varanda diagonal no fundo da casa. Começou a falar de poesia, suspirar, me olhar com seus olhos de fenda no fundo dos meus olhos. Eu queria ir pro quarto, encabulado, e disse "estou cansado". Ele tocou no meu braço, senti seu hálito. "Não há vida sem amor", ele disse, "o amor é inclusivo". Tudo pareceu ridículo demais. Fiquei sem saber o que dizer e respondi "me deixe".

Fui rude. Fato é que saiu como reflexo e fiquei revirando na cama naquela febre de madrugada, remoendo o resultado da minha relutância. No meu peito agitava incômodo, essa coisa estranha de esperar que continuassem, lá no fundo, que esfregassem na mobília do meu quarto e mascassem a ponta dos charutos, que não desistissem de mim. Surpreso, tentei retomar a respiração olhando em meus olhos diante do espelho. Estranho, senti receio de me perder.

Nos próximos dias os amantes continuaram em seu ritmo amoroso privado e eu escondia a inabilidade de manter o recesso de antes na sua presença. Contei sete dias até a próxima "divisão", como eu chamava esses momentos em que os dois se afastavam em suspiros e notas de tango. Tão logo nos encontramos pela casa eles me surpreenderam, não por conta de alguma novidade, mas pela repetição dos movimentos. A Francesca acordou cedo e ficou a suspirar pelo jardim. Do vitrô da cozinha, entre filetes de luz refletidos, vi que adorava uma rosa branca. Fui para o quarto e deixei a porta aberta. Sentei-me e continuei um hábito antigo, de escrever em tempo real o que me acontecia. Coração batendo, os desenhos que os pássaros fazem juntos no céu, como será que coordenam? Som. A rosa branca na mão de Francesca, seus dedos, o talo com pequenos espinhos, que ela não se corte, nunca. Como um fantasma ela apareceu de súbito na porta. Entrou, suspirou. Encostou em minha mobília e começou a roçar as pernas, olhou fundo nos meus olhos e comentou que meu rosto tinha traços quadrados e curvos, simultâneos, como uma pintura medieval.

Não entendi. De noite, a "divisão" continuava. Era como se eles sequer se lembrassem um do outro e eu me sentia exposto por prosseguir do mesmo modo, numa excruciante estabilidade. A fumaça do charuto intumescia a atmosfera. O jeito oblíquo de se debruçar na balaustrada fazia a grande varanda parecer a proa de um navio. Júlio olhava para o mar com jeito apaixonado. Me aventurei e resolvi provar a fumaça do charuto. Foi muito e acabei tossindo por tragar desnecessário. Passei mal e senti vergonha. Ele me acudiu, dando tapinhas em minhas costas, de lágrimas nos olhos pelo espasmo, e me arrepiei ao seu toque. "Calma, calma, vai ficar tudo bem". O exagero dessas palavras me atiçou, e no desconcerto de não saber o que responder apenas disse "sim", de um jeito intrometido nos vãos de minha vaidade. Júlio me tocou nos dedos e olhou meus olhos, "o amor é necessário, a vida se faz dele".

Nessa noite outra vez tive insônia. Os gatos da rua dormiam e apenas os grilos povoavam a paisagem sonora. Meus sentimentos flutuavam e eu não tinha força ou foco para concentrar em minhas preciosas investigações. Minha mente parecia uma visualização acelerada da história do mundo, correndo ciclos entre prazer e agonia. De certo, eu devia era logo deixar todo o esquema de lado. Sim, era hora de partir daquela casa. Já não me reconhecia! Desde Isabel nada havia povoado o meu coração, ainda mais de modo tão confuso. Por outro lado, sentia que devia ter uma conversa franca com os dois. Imagine nós sentados no sofá ilustrado de enormes girassóis. No pensamento, eu falava fácil, até sorrindo, numa elucubração muito lúcida. "Precisamos falar do que está acontecendo entre nós", eu dizia, firme e esclarecido. Mas a imagem logo se esfacelava, como quando estamos em um delicioso delírio andando pelo quarto até que o repentino reflexo de um espelho nos faz cair ridículos. A súbita imagem do próprio rosto! Um descalabro para romper qualquer inspiração. Era impossível dizer daquele modo. A meiguice destacada de Francesca, as palavras exorbitantes de Júlio. Na verdade, sentia-me usado! Afinal, o que era isso, um jogo entre os dois? Por que sentiam-se no direito de perturbar minha paz com suas seduções sem começo, meio ou fim?

Esses pensamentos vazaram das noites para os dias, mesclando profundidade e superficialidade. As marés mudavam no contorno dos dias, segundo trânsitos astrológicos e mutações temporais. Nada mudava o fato de que os amantes tinham voltado para a sua incômoda intimidade a dois. Era como se eu não existisse. Continuavam com suas conversas insólitas a respeito das obras completas de uma poeta esquecida, com suas fugas da vida comum, num conjunto risível de mundos paralelos. Eu novamente me tornei um inquilino discreto e fiel, que não passava de mero instrumento para manter o aluguel em dia. A situação não podia continuar assim. Num sábado à noite, decidi que os chamaria para uma conversa para anunciar minha partida.

Quando acordei no outro dia a ideia fez a barriga revirar. Na sala, Francesca penteava os cabelos diante um grande espelho emoldurado, ela era bela, ele tinha saído. Corri para a cozinha, querendo-me invisível. Minutos depois, quando eu recheava com um creme de passas umas bolachas salgadas, ela apareceu. Estava estranha, como fosse ronronar ou deslizar, trocara a roupa por um vestido composto de camadas, quase como trapos muito elegantes, como seda branca translúcida. Foi pisar ali nossos olhos se ligaram. Fiquei estupefato, mas tentei prosseguir comendo meu lanche, meu chá de sete ervas estava quase pronto e eu não podia sair antes de desligar o fogo no momento certo, comecei a pensar na melhor forma de dizer bom-dia, e o chá nunca foi bebido. "Me diga, você acredita na ciência genética?", ela perguntou de repente. Era impossível. Eu abri a boca para responder que a genética só fazia sentido quando vista sob a sombra dos mistérios e comecei a imaginar sua resposta. Mas Francesca começou a esfregar os olhos e soltar um choro balbuciado, como quem tivesse sido atingida por um gás lacrimogênio. Batia a mão no chão com tapas imprecisos. O susto rompeu e saltei para acudi-la, como quem mergulha num rio para salvar uma criança que arrisca se afogar. Busquei acalmá-la com um jeito suave nas costas. Ela bebeu uns goles de um copo de água doce, a cozinha cheirava às ervas fervidas, o que ajudou a desenlaçar seu pranto. Sequei seus olhos com o paninho. Ela disse "obrigado por salvar minha vida" e depois me beijou.

Sentir seus lábios – contei depois para Pierre, que nada disse – foi muito estranho. Sua boca estava rachada pelo frio e senti a súbita presença de pequenos filhotes de peixe pulando para a minha. Eram frios, úmidos e muito vivos. Eu não queria mastigá-los, deixei a saliva encher um pouco a boca, para que pudessem nadar, depois engoli discretamente, evitando perturbar o beijo de Francesca. Prossegui naquele teatro confuso e até lambi um pouco os lábios dela. Acordei desse transe com o grito de Júlio que chegou da rua ensolarado e nos pegou ali, ela em meus braços, um copo de água e um pano velho. Quando ele vociferou para mim "Era ela que você queria!", fiquei muito confuso. Não sabia se dizia ao homem que o que ele via não era a verdade completa, era apenas uma situação equívoca, absurda. Considerei dizer que era respiração boca a boca, já que eu tinha salvado a vida de Francesca, mas no fundo sentia-me culpado por realmente preferir ela a essa altura, já que os peixinhos transferidos acabaram por me dar um novo sentido para a vida.

Júlio quebrou todos os copos de cristais e foi urinar na fonte do jardim. Francesca disse num grito desesperado "não!". Ele sabia que a fonte era o lugar favorito dela. "Eu sabia", ele dizia "ele preferia você, moribunda!". O drama era demais para mim e acabei ficando em um silêncio ansioso, sem saber o que sentir senão o suor das minhas mãos trêmulas. Depois temi ter destruído parte daquele sonho. Os peixes ainda estavam na minha barriga, nadando felizes também nos pulmões. Era estranha e enjoada aquela mistura de tragédia romântica e café da manhã. Francesca encostou a cabeça no batente da porta que dava para o jardim, quase querendo pular para o quintal e notei que Júlio se acalmara um pouco, sentando em um dos bancos de madeira agora sem pássaros. Peguei uma vassoura e afastei silenciosamente os cacos de copos quebrados do corredor. Depois, sem uma palavra fui para o quarto e tranquei a porta, indagando se a umidade dessas rotinas já tinham roído a segurança daquele santuário.

Nunca ouvi um silêncio como o que prosseguiu na casa. Coloquei a orelha na parede e nada, nadinha. É verdade que o mais profundo insone teria naquele momento caído em um longo cochilo, haja tanta calmaria.

Abri a porta para verificar. A casa sem nenhuma alma, visível ou invisível. Nem os objetos tinham mais presença. A umidade era quase seca, a comida não tinha gosto, os eletrodomésticos não eram ligados há cem anos. Tudo mortificava na ausência, como um feitiço do tempo. Perturbado e assustado, corri para a casa de Pierre. Ele estava lá, deitado na rede, com seus troncos fortes, seu peito cabeludo, seus olhos doces. Abracei-o. Contei o ocorrido e ele me ouviu sem surpresa, sem pressa, como era típico de sua estrutura. Não parece surpreendente que ele nada tenha dito? Pierre apenas afagou minha cabeça e tomou um gole de seu drinque de limão siciliano, seus olhos espreitando o desvanecer de uma fantasia tropical. Nem uma palavra. Ele tudo dizia com os olhos, com as mãos. Meu desejo era ser também deste modo, mas meu silêncio era parvo. Meu silêncio era como um galinheiro inquieto perto dos seus gestos delicados em mãos troncudas.

Perguntei se Pierre podia me acompanhar até a casa da rua XV, para rapidamente tirar minhas coisas de lá, eu queria fugir. Escreveria depois uma mensagem avisando que não era possível prosseguir com a insanidade. Era certo que tanto Francesca quanto Júlio deveriam entender que o assédio deles era absurdo e o aluguel tornava-se um assunto menor, sem importância. De fato, as tragédias, quando bem feitas, tiram de nós as preocupações materiais mais insólitas, as dívidas tornam-se claras dúvidas.

Pierre assentiu, sem uma palavra. Chegando lá era a casa vazia, escalavrada naquela plenitude tão absurda, o ar rarefeito. Abri minha minha mala, abanei as traças e comecei a guardar minhas camisas branquíssimas. Pierre não me ajudou, resolveu conferir o desenho da casa, notando os bibelôs que já apagavam, as conchas sem cor, os quadros de motivos rurais que começavam a desbotar. Até os nomes do casal já deslizavam no tempo e a história que eu contei começou a desaparecer em mim. A presença de Pierre me acalmava. Atrás da porta de meu antigo quarto, no chão, encontrei uma folha escrita em minha caligrafia, um trecho esquecido de minhas investigações. Li o conteúdo rapidamente, mas por completo, tateando na brecha de passado um canto de futuro.

O papel das cobras nos sonhos é muito variável, para não dizer infinito. Meu pai dizia que era sinal claro de traição. Eu nunca pensei deste modo, a não ser pelos enredos bíblicos. A cobra da Bíblia, em sua agência luciferiana, parecia mais um sinal de nossa singularidade diante do Deus criador. A diferença guardada em um arcabouço de culpa original deveria ser a libertação. A víbora pode ser uma cobrinha de uma sombra de serpente colossal. No fundo, pensar nesse assunto é cair do Éden e é graças a Eva que podemos interpretar os sonhos. E assim tudo se completa, circular no infinito cuja imagem também é a cobra comendo o próprio rabo, o Ouroboros. As serpentes nos sonhos podem ser vistas assim, em trabalho de divinação pessoal e inseparável da história de vida de cada um. Da árvore do conhecimento, sabemos que é uma árvore e então há um amor puro e elas não recusam a sensualidade. Além disso, existem outros aspectos ainda mais interessantes para as serpentes, como sabem os mais aprofundados nas artes ocultas, como os povos ameríndios amazônicos, que observam nas visões de seus xamãs o enredo das cobras gigantes, colossais, ligando o céu e a terra na conexão que faz a vida.

Saí da casa seguro e acompanhado de Pierre. O rastejar e o remelexo das folhas secas me chamaram a atenção e deram espaço para a revelação de uma enorme serpente amarela e branca, brotando como um rio selvagem debaixo dos arbustos da casa. Senti um súbito pavor natural. A cobra tinha um mosaico triangular, linhas pretas em alto contraste, bem no centro de sua cabeça, com as pontas laterais alinhadas ao preto das meninas dos olhos, fendas mergulhadas na cor de âmbar. Ela lancinava nas trilhas do chão velho, como um holograma, fantástica em sua tessitura, lisinha e embrulhada em seu próprio ritmo de soprar a língua em um belo ângulo com suas narinas. A serpente estava longe e era possível correr, era possível fugir o quanto antes. Pierre era o fio que me conduzia fora da casa, quando uma segunda cobra, uma enorme coral, enrolou ao redor meus meus pés. Não era uma simples cobra coral, mas um exemplar que eu nunca tinha visto em minhas investigações, com verdadeiros arabescos em preto, vermelho e branco, espalhados por suas escamas cujos vincos eram profundos e secretos. Senti o repelejo da textura dela em minhas pernas, rodeando, debatendo, enrolando. Pierre finalmente disse, calmamente: "essa é uma legítima coral".

CONVERSA COM DARIUS

Eu quero ser como o Darius. Andando pelas ruas com minha música favorita nos fones. Antes de tudo, eu percebo as fibras, as faixas, os olhos. A hipocrisia falseada em sorrisos caridosos. Sou o baixo grave articulado com a simulação do real. Ao meu redor, pessoas contratando e expulsando, à revelia dos corações. Silêncio. Darius sabe das coisas e isso faz com que ele seja silencioso. Eu gostaria de adotar aquele modo honrado em que ele expressa sua presença. Qual é a versão daquele estar nos meus próprios modos?

 Tentando, eu interajo, fujo, encaro, te olho. Com estilo, minhas mãos, meus braços, meu anjo. Meu anjo é um ser de luz da esfera de Vênus. E não, ela não é um anjo caído. E quando os meninos me assaltaram, a altíssima ave astral do meu centro pediu graciosamente ao caos que permitisse levar apenas o que já não me pertencia. Sozinho já perdi muito mais do que o que levaram os meninos em dívidas de tempo perdido. É porque nas espirais das gerações, as perdas são o adubo do solo que me sustenta.

 Eu ando pela rua embalado nas batidas de minha música favorita, mas isso não me desconecta do mundo ao redor. Pelo contrário. Me faz interagir com a cidade em outras dimensões e isso é apenas um modo de te explicar o que acontece, de te surpreender. Por baixo das palavras é que a verdade acontece. E o que acontece é a expansão das jazidas de cor. O arco-íris tem muito mais do que sete cores. Mas é a íris dos teus olhos que faz o infinito realmente acontecer. É debaixo das palavras que a verdade acontece. Olhei para os olhos de Darius e ele parecia chapado. Parecia espantado, não com medo; era um jeito de perceber, de se manter atento. É assim que ele sabe reconhecer tudo o que vale a pena. O jeito dele é difícil de explicar.

Acontece muito. Sempre que alguém deveria ouvir Darius, esse alguém não escuta e é esse alguém que perde a chance. Parece que há alguém que enfim escuta. Esse alguém se apaixona por ele. Mas não quer nada com ele. Só quer ouvi-lo falar de aventuras pacatas, descontraídas, silenciosas. Aventuras observadas e vividas. Perigosas aventuras vividas com a calma de um mestre. Como será que deve ser guardar toda a sabedoria do mundo e nunca a transmitir? Como será entender tudo o que há e perceber que esse entendimento te transformou tanto que você já não é? Nas montanhas das estradas dos campos das cidades, caminhando o passo, os pés absorvendo toda a trama.

Tudo é uma questão de vida ou morte. Darius finalmente olha para mim, mas desconfia do meu raciocínio. Será que ele quer que eu me cale? Tudo é uma questão de vida ou de morte a cada respirar, eu repito, confiante. Porque quando você dissolve o tempo, você também não tem espaço. E teus passos, vão para frente ou vão para trás? Quem sabe, não sabe e quem não sabe há de saber sem que seja necessário explicar. O quê? Tudo é uma questão de vida e morte, porque tudo o que há é um singelo respirar. Um pulmão enchendo e sonhando numa cabeça que respira os olhos de Deus.

Ele me olha, porque eu falei de Deus e é isso o que nos conecta. E eu tenho vontade de confessar para Darius que minha bisavó era uma sorridente e abundante, uma mulher preta, uma deusa, filha de uma mulher escravizada. Eu fiquei tanto tempo feliz de conhecer a memória da minha bisavó Dita, e de saber como ela bebia vinho e era a melhor pessoa do mundo. E eu vi seu sorriso quente e imaginei a linha antiga que ia me conectando em sua ancestralidade para além das espirais do tempo. Pensei por tanto tempo nessa longínqua linha abstrata, que esqueci de considerar que minha bisavó era filha forçada do senhor branco de escravos. O fantasma pálido e gelado do meu tataravô, pai da mãe da minha avó, cuja linhagem rançosa também está no meu pai e no meu sangue e na minha pele. O que eu faço com esse velho invisível perdido em algum lugar dentro de mim?

Já não basta querer ser como você, Darius. Talvez ainda assim te interessasse algo da minha história, dos campos, da roça, aqui do interior, a vida dos trabalhadores. Ou talvez não. Eu quero sentar e te ouvir, até mesmo teu silêncio, teus abraços meio duros, com tuas correntes de ouro e teu jeito de vestir panos no rosto ou arrumar os cabelos. Tua expressão me estranha. Deixe-me ouvi-lo mais uma vez dizer que essa realidade é uma simulação, me drague com tuas palavras para o mundo mágico, em que tudo dispersa, onde somos inseparáveis e a alma tem a chance de revelar sua luz e sombra para além da história. O reino do amor que escapa às violências e que depois redime em perdão a acolhida. O amor feito real nas ações. O respeito em relação aos impactos, aos encontros, às construções ancestrais. O respeito ao outro, à sua raiva, as honrarias de sua predileção. Dos guerreiros, as canções; do dinheiro, as provações. Assim, das parteiras, as selvas, as ervas cada qual posta em tua verdadeira função, nos colos da grande Mãe. O respeito de construir, da madeira à fibra, e ungir a terra e desmandar de todo o canto essa mesquinharia.

Meu anjo me contou que tudo que roubaram foi para me limpar. E eu acreditei. Há muita coisa roubada pelo mundo. Mas ninguém é dono de nada e nem dono de ninguém. Quando você aceita realmente a roda, você apenas escorre, e quando você ergue a face para o céu, vê o que há de mais profundo no orbe celeste. É quando você abre teu terceiro olho que teu foco perfura a realidade e extrai dela seus mais profundos odores. O terceiro olho é teu foco perfeito e só isso. Mas você já sabe disso. Darius, e se formos amigos? E se eu te levasse para passear na minha cidade? Vou te apresentar alguns dos meus amigos mais loucos, dos quais poderei dizer "vocês têm muito a conversar". E vamos comparar as cidades durante a noite toda, com suas comidas e culturas. E você vai falar como são os pratos de arroz colorido que comem na Nigéria. E eu vou ficar a fim de comer e não vou comentar a respeito da música da Eritréia, que eu vi no YouTube.

Sabe, Darius, quando o menino me pediu uma seda para bolar um baseado, eu olhei para ele e pensei ter visto suas intenções ocultas. Não minto. Podia ter a pinta. É um jeito de mexer que a gente aprende a sentir. Eu cheguei lá e falei "aqui está, tome, meu irmão". Ele me olhou nos olhos e saiu andando. Eu olhei para trás. Ele também. Nos olhamos. Depois de uns dez minutos ele apareceu com mais dois moleques armados. Me chamou de arrombado e me mandou deitar no chão. Levou meu diário. E eu estou até agora me perguntando por que ele me pediu a seda se ia me roubar? O que será que ele viu quando eu o chamei de irmão?

Dia após dia, é só o giro. E 365 voltas depois, tudo começa de novo. O movimento é o mensageiro. O raio desce, a cobra sobe. Nisso a gente pode concordar, Darius. Espero aprender com você. Sei que teu caminho pode me ajudar a entender quem eu sou.

A BABOSINHA
Para Loha

Quando Evandro foi embora e me deixou a babosinha de presente, levei como uma ofensa. Um lembrete de tudo o que eu gostaria de ser, mas não era. Uma filha da terra, uma herdeira ancestral de avós camponesas, filha de uma mãe terra cujo nome só não era Natureza por falta de precisão. Eu, que tudo tinha de fibra e folha no sangue, não sabia cuidar de uma plantinha. E fiel à história comum da juventude, escolhi meu caminho em trilhas tortas e desejei fortalecer os ângulos retos dos autômatos: me tornei uma estudante de engenharia. Optei por ser racional, quieta e meticulosa. Diante dos números e códigos em inglês, passei a decifrar mecânicas industriais, que da Terra sorvem seus minérios, buscando esquecer que em outros cantos o dinheiro destrói a vida de quem busca proteger o corpo dela.

Eu sabia de tudo isso. Mantive minha sensibilidade subterrânea, abaixo das camadas que me traduziam ao mundo como uma técnica especializada em máquinas secas e quentes de processamento elétrico. Mas quando conheci Evandro, não soube esconder de mim mesma essas profundezas e experimentei a dúvida sobre minhas escolhas profissionais. Diante de seus olhos de verdade era impossível esconder que elas não eram simplesmente profissionais, mas pertenciam ao arenoso terreno das fugas, ao plano oculto dos mistérios da ancestralidade. Dentro de mim havia um sonho esquecido de ser uma dessas moças quentes, com rosto firme, olhar pulsante, vistas nas fotos de caboclas revolucionárias, em álbuns inspiradores da América Latina, carregando seus filhos no colo, tomando água dos rios sem perder a firmeza. Mulheres que não precisavam aprender a olhar as plantas para saber ouvi-las e colher suas medicinas em tinturas e essências.

O Evandro, um garoto da natureza, me deixou uma babosinha para cuidar quando foi embora, e levei isso como uma ofensa. Uma ofensa, pois ele sabe que não sei cuidar de plantas. Mas ele sabe também que eu no fundo sei, mas evito. E às vezes ele me olhava como se eu fosse uma cabocla e eu queria mesmo era me enterrar como uma semente e nascer de novo. E quando ele me trouxe a babosinha, logo vi que sua despedida impunha um teste, pois as plantas são cálculos perfeitos de nós. Uma planta não precisa de nada no meio do mato, mas na minha casa, precisa de mim. Como um bebê que não sabe comer sozinho, mas dentro do útero nada como um peixe. Ele deixou a babosinha bastarda para que eu a adotasse, enquanto, como é típico dos homens, ele se foi. Com seus braços fortes e morenos, Evandro um dia me abraçou e me disse que eu era uma filha da natureza. Isso também me ofendeu, pois ele mexia em solo sagrado sem a ritualística necessária. Pois quem era ele para me dizer se sou filha de tal ou qual mãe, me informar, assim, decididamente, a respeito de minha árvore genealógica. Me recordei sabiamente que este moço cheio de conversas de ecologia era para ser apenas uma aventura de faculdade, um dia de prazer com uma daquelas figuras que você permite cheirar quando ainda não precisa decidir seu futuro. Um experimento. Um homem forte, risonho, com cheiro de terra e suor, que passava mais tempo nos bosques da universidade do que nas aulas, que fumava maconha prensada e, sem um pingo de vergonha, meditava em público, como fosse um projeto de buda disfarçado de sorriso branco.

E que belo sorriso Evandro tinha. Me irritava a atração que eu sentia por ele e o fato de que ele tinha olhos brilhantes para mim. Era óbvio que esse homem devia ser apenas um caso, um dia, uma noite. Mas no final das contas ele acabou em meu apartamento, dormindo aconchegado em minhas pernas frias de engenheira, cheirando meus cabelos repletos de químicas, enquanto dele eu podia ver as fibras de terra nas mãos fortes mesmo quando ele me deixava lavar os cantos de seus dedos ferozmente nos banhos que tomávamos juntos. Ah, Evandro, com seus olhos escuros e sua fala doce. Por que você faria isso comigo? Por que você tinha de despertar dentro de mim tudo o que eu rendi à força por toda a minha juventude? Evandro me disse uma vez que eu devia tomar conta da minha relação com as mulheres de minha família. E o que diabos ele sabia disso? Todo mundo tem mãe, mas só eu sei da minha mãe. E vou te dizer que a quantidade de plantas extremamente vivas em sua casa não deviam nada para o coração endurecido daquela mulher. Não que ela fosse cruel. O coração de Dona Jandira havia endurecido num formato muito bonito. Endurecido como a madeira de uma bela árvore que morreu e se condensou numa estátua de árvore. Como um rosto que disfarça a si mesmo, sabendo o formato do próprio sorriso. Era minha mãe. Cuidando de tudo e todos, de cem plantas, dez gatos, cinco filhos e dois maridos. Uma mulher que não ouvia o sabor do silêncio há décadas e que nunca recebia o valor devido por suas dádivas entregues descontroladamente por toda a vila. Eu ainda queria dizer umas boas para o dono da pizzaria que passava toda quinta-feira lá em casa e pedia uma porção do manjericão sem nunca dar em troca nem uma fatia de marguerita.

Quando Evandro partiu, não chorei. Diferente do que pensei, não senti saudade prematura, tampouco que precisava daquele homem em minha vida. Mas senti dor, porque meu amor havia aberto uma terna ferida ancestral. Um dia, quando dormíamos juntos, me vi sonhando embrulhada em bips e clics metálicos, repleta de fios em meu corpo nu. Cada plugue entrava em um de meus buracos, fazendo correr dentro de mim o fio de vida elétrica que pulsava em meu coração. Eu era uma planta elétrica e caótica, no meio de um furacão. Minha mão pegava a mão firme de terra de Evandro durante o sono e descarregava meu excesso, que só podia ser visto durante a madrugada. Foi neste dia que acordei e vi a alma de Evandro dormindo de boca aberta, escondida atrás do homem em minha cama. Evandro era a minha mãe, que finalmente partia sua máscara e chorava dentro de mim uma cachoeira imensa. Meus cordões elétricos chamuscavam em curto-circuito nesse manancial de vida. Minha mãe acordou e na boca dele me beijou, como se eu fosse a própria filha da seiva. E, ainda envolta em fios elétricos vindos dela, permiti que ele sorvesse de mim como se meu corpo fosse a nascente de um rio fluorescente, que deixaria o dele brilhando sob a luz negra.

 Evandro olhava meus olhos para além de mim e via a cabocla das matas atrás da minha sombra. Mas eu era uma menina fria. Uma menina de computadores. Em minha casa, não há plantas, não há janelas abertas e redes de palha, não há sequer joelhos calejados e canelas vigorosas. Vejo minhas telas de cristal líquido e o minimalismo copiado dos vídeos sobre bem-estar que vi na internet, o ambiente ascético, meus perfumes de essências brandas. Deixei meus chás de saquinho sobre a mesa, para dar um toque natural, ao lado de minhas belas xícaras de porcelana rebuscada de flores, pois sabia que isso daria o jeito de vó característico da mulher de cabelos cacheados que eu imaginava ao lado dele. Mas nenhum chá de saquinho tomava o destaque de minhas roupas de corte acentuado, marcadas com um gosto profissional, em paletas de preto, branco e vermelho, com raros ponteados de prata, bronze e ouro. Meus cabelos alisados são como os finos fios de cobre que formam malhas ao redor das bobinas elétricas de um motorzinho. Tenho tudo organizado: uma prancha de parede com cálculos e objetivos. Um relógio digital cinza escuro, que também mostra a temperatura, pregado na parede cinza claro. A decoração de minha casa é feita com imagens geométricas e abstratas. Evandro comentou certo dia que faltava um pouco de vida em minha casa, faltava "natureza". Desejei que ele pudesse viver como quisesse em sua própria casa.

    A babosinha foi uma ofensa porque pôs em xeque toda a minha criação. Evandro, antes de partir para a mata me deixou a babosinha, "ela é boa pros cabelos e para curar machucados". Ele estava largando a faculdade para morar na Amazônia, aprendendo curas e lutando ao lado dos indígenas contra as empresas extrativistas, algumas das quais estampavam rótulos em minha casa. Ele resolveu entregar a sua vida à minha mãe natureza. Evandro entregava a vida, como a minha mãe. "A babosinha é fácil de cuidar, é possível que ela cuide de você". Me sentia tão exposta, com o vasinho nas mãos, "Obrigada". Naquele momento foi evidenciada toda a falta de adubo em meu apartamento. Com cuidado, ele comentou como as babosas cresciam lentamente, até ficarem magnânimas, durante gerações. Minha mente lia a situação como uma apresentação de PowerPoint, mostrando as químicas terríveis de meus xampus e gráficos com os efeitos destrutivos de minhas ações egoístas. Em um pensamento que parecia um vídeo em câmera-rápida, pude ver como as plantas secavam em minha presença. Em um destaque, a memória apresentou em alta definição o dia em que, ainda criança, busquei flores comestíveis na rua e acabei me intoxicando. Abaixei minha cabeça e deixei que ele me abraçasse. "Vou sentir saudades".

    Deixei Evandro partir e não molhei meus lençóis por sua causa. A memória de seus abraços guardei com certo alívio, pois a aventura terminava. Eu me sentia como quem viajou por um longo tempo e agora volta para a casa empoeirada, estranhando seu habitat natural. Mas não pude fugir da ofensa e da dívida que incrustavam a presença daquela babosinha. Coloquei ela em cima da mesa da cozinha e me sentei em uma das cadeiras brancas. O potinho de plástico destacava sobre o mármore falso. A terra escura e bem cuidada por Evandro sustentava fofa e firme aquela pequena planta dinossauro, cheia de pequenas pontinhas inofensivas. Ela parecia um bichinho imóvel, crescendo meticulosamente pequenos milímetros todos os dias. Olhei muito para a babosinha no dia em que Evandro partiu. Olhei através dela, as mãos calejadas de minha mãe e suas unhas com o esmalte sempre puído e depois olhei para meus dedos e meu calo de mouse na mão direita. Examinei aquele souvenir de minha aventura com o garoto natureza da faculdade. Me senti tão entregue. Tão confusa. Tão resistente. E agora apenas a babosinha podia me olhar de volta, com suas fibras ancestrais, molhadas por dentro daquela baba sagrada que curava os cães e amaciava os cabelos das avós. Eu quis beijar a babosinha e quis mastigá-la, para sentir aquele gosto forte de clorofila que me intoxicaria como a planta não comestível da infância. Eu quis cortar logo seus flancos e esfregar toda a baga em minha cara em um apelo sexual para o Evandro ver, no seu olho interno, lá no avião, que eu sentia desejo pela natureza, que eu queria me lambuzar de sua natureza, que em seu corpo forte eu queria me enredar e voltar para o abraço quente de minha mãe perdida.

Por um mês, a babosinha me acompanhou dentro de casa. Levei ela comigo ao escritório e a deixei ali, perto do meu computador. Evandro desaparecia nas folhas, como uma memória antiga. Naquela altura, ele já se tornava a própria babosinha. Eu escrevia os códigos dos programas de computador como quem decifrava na seiva jurássica daquela planta o seu código de DNA e nele encontrava os traços genéticos de Evandro, ainda em minha corrente sanguínea. De suas vitaminas eu sorvia e lambia sem sequer precisar tocar. A conta-gotas eu descia, com as mãos trêmulas, a água sobre sua terra, para não deixar passar a sede de beijos que eu sentia mesmo tomando litros de água por dia. Eu não queria que a babosinha sofresse por minha desconexão com minha mãe. E se Evandro era agora a minha mãe, segurando um arco em alguma clareira no meio da mata, era porque eu sabia dosar meu amor para aquela planta, mesmo ofendida com as lições de vida que ela me transmitia, sem dizer sequer uma palavra. Eu a colocava no sol na pequena varanda do apartamento pelas manhãs e me lembrava de que Evandro e minha mãe falavam muito da importância do sol para a saúde da pele e dos ossos, o que me deixava consternada, já que a radiação me trazia coceiras e bolinhas vermelhas na pele.

Em uma quinta-feira eu recebi uma mensagem de Evandro, com seu novo número de celular. Ele me enviou uma foto, sorrindo entre pessoas desconhecidas que andavam de pés nus na mata selvagem. "Como está a babosinha?". Com certa vergonha, por estar num ambiente feito piso, metal e vidro, tirei uma foto da babosinha e mandei para ele, escrevendo como se falasse para a minha mãe: "ela é minha dinossaura". "Você sabia que Cleópatra usava babosas para cuidar da beleza?". Não respondi, resolvi pensar a respeito. Por que ele insistia em me dar dicas de beleza?

Olhei para a babosa como quem olha para um espelho para retocar a maquiagem. Me vi com os olhos pintados, sentada em um trono de ouro em alguma pirâmide esquecida. Será que Cleópatra cuidava de suas próprias babosas ou eram as babosas que cuidavam dela? Eu ri, porque ele estava longe e porque minha solidão me agraciava. Me levantei e coloquei a babosinha para tomar sol no piso da varanda.

Comecei a planejar neste dia um projeto de conclusão para meu curso de engenharia. Um modelo de observação das florestas que seria capaz de acompanhar a destruição das matas por satélite, mas que pudesse dialogar com as espécies que viviam naquele espaço, monitoradas com pequenas esferas autômatos, pequenos drones conectados à internet e que recolhiam dados de DNA da biologia local. A ideia poderia se concretizar com sondas equipadas de inteligência artificial, parecidas com as que se encontram em missões espaciais para outros planetas, mas que voassem entre as árvores em vez de usarem rodas que poderiam prejudicar a vegetação. Esses tipos de robôs têm espaços internos que guardam amostras e enviam os registros para laboratórios. Assim, poderíamos entender o que está sendo perdido em tempo real e planejar uma proteção mais eficiente para a floresta, além de entendermos quais espécies devem ser replantadas mais urgentemente. Eu não sabia ainda se tudo isso era ingênuo ou se já existiam projetos similares, mas o rascunho da ideia tinha me gerado uma excitação rara. Logo eu estava imaginando um encontro entre o robô protetor da mata e uma onça no meio da noite. Pensei em mandar uma mensagem para o Evandro contando esse sonho, mas me segurei. Ao invés disso, resolvi ir até a varanda buscar a babosinha e comunicar silenciosamente meus planos para salvar nossa mãe.

Mas a babosinha tinha sumido.

A babosinha tinha sumido sem deixar rastro e fiquei com as mãos soltas, ajoelhada em frente ao vasinho. Não havia sinais de confronto, não havia terra no chão. No sétimo andar, não poderia ter sido uma senhora vizinha habituada a roubar mudas. Era só um vaso vazio. Um espaço vago onde antes havia uma linda babosinha. Não havia nada a explicar e olhei minhas mãos ruins com plantas e limpas de terra, lisas, sem sujeira, sem pó. Minhas lágrimas molharam a terra preta e senti o cheiro fresco da chuva que vem repentina, deixando o ar envolto por alguns minutos, avisando todo mundo que ela chegou. Era minha chuva na terra fértil e sem vida. A babosinha saiu voando como um dinossauro que de repente evoluiu para uma nova forma, sem ter tempo para esperar que meu robô ficasse pronto para monitorá-la. E foi assim que a babosinha virou um pássaro e que levou pro céu meus pesares ancestrais e com ela foi embora minha vergonha de sentir e eu pude chorar e chorar com uma dor natureza, de quem ama uma planta e pode dizer livremente todos os dias: eu te amo, minha plantinha. E quando você morrer, minha plantinha, o amor que eu te dei vai nutrir todas as outras ao redor. E quando eu morrer, minha plantinha, de meu corpo vão nascer dezenas de árvores e do meu ser uma floresta vai crescer imensa e tomar todo um continente. E quando os homens começarem a buscar dentro desta mata densa os seus tesouros e ervas e encontrarem os guardiões da floresta emplumados e preparados para o confronto, eu poderei pegar meu celular e mandar uma mensagem para Evandro dizendo: "minha mãe, a babosinha sumiu, mas fique tranquila, pois eu sou a tua floresta".

TUTTI-FRUTTI

Sim, a mãe já sabia que Tonim gostava de ficar sozinho na *mesa*, uma rampa enorme que ninguém sabia quem tinha feito. E quando a hora bateu tarde e nada do menino chegar, mandou logo a Maria, sua irmã, procurar no lugar certo. A *mesa* parecia uma pirâmide maia, com um topo plano, e era lá que o Tonim se deitava para olhar o céu, quando não para subir e descer sua bicicleta. "Por que você tá aqui sozinho no meio do nada, Tonim, já escureceu". "Para pensar", ele respondeu para a irmã, que reagiu desconfiada, sabendo do jeito esquisito do irmão, mas sentindo que tinha algo a mais, e lembrou que o bairro andava tenso. "Você tava pensando no Jackson?". O Tonim até arrepiou ao ouvir o nome. "A polícia tava lá perto hoje, perguntando pra todo mundo o que aconteceu". O Jackson foi morto, assassinado. "Perguntaram lá em casa, Maria?". "Não, só na rua dele. Por quê? Você conhecia ele?". Hesitou entre a vontade de contar para a irmã o que tinha acontecido e o medo de expor uma intimidade que tinha aprendido a esconder bem escondida atrás de seu próprio rosto. O menino sentia que podia confiar na irmã, mas ainda assim, o que aconteceria se ela abrisse a boca para os pais? "Tonim, o que foi?".

Para chamar a atenção, colocaram no jornal umas fotos cheias de sangue, das paredes, do chão, tudo muito violento. A chamada dizia que tinham sido doze facadas e que o crime parecia vingança. Doze facadas, pensou o Tonim, com a barriga embrulhada. Maria, com o olho arregalado: "Tonim, por que você tá branco desse jeito? Parece que você viu o fantasma do Jackson". O menino continuou sério. Tonim sentiu um nó na garganta se lembrando dos meninos rindo e dizendo "você é namoradinho do Jackson é?". Lembrou que eles *sabiam*, ele tinha *visto*. E se falassem para os pais, falariam o quê? Sua mão começou a suar e seu peito a vibrar uns tremores moles, e ele sentiu que cairia ou desmancharia. Viu-se pequeno e prestes a ser engolido por uma boca gigante, no tempo de um mundo adulto, com hálito metálico, em uma noite neon cheia de chuva sombria, como nos filmes de investigação criminal a que a mãe assistia na televisão depois das onze da noite.

Um monte de menino com bicicleta, cheio de ideia do que fazer. Era o caso do Tonim com os outros da rua. O Henrique, o Claudinho, o filho do leiteiro e o João. Decidiram fazer uma pista de bicicleta na rua de cima. O Henrique conseguiu enxada, o Claudinho, a pá, alguém apareceu com um balde e começou a labuta. Eram dias em que o empreendimento tomava a atenção de todos, ainda que a obra em nada fosse grandiosa como a mesa maia atrás da fábrica. Cavucavam a terra para criar pequenas dunas duras, que faziam vibrar os guidões, criava-se caminhos falsos, cheios de espinhos, como armadilhas para meninos forasteiros e abriam rotas, curvas e retas de velocidade. Passavam o dia na esperança de um campeonato, um fim de semana de maior importância. O Tonim gostava de mexer no chão, mas também gostava de todo mundo estar focado e de esquecerem dele. Ficavam muito chatos quando entediados. Zoavam, azucrinavam. E o menino tinha um jeito para dentro, sem tanta marra, que se expunha para essa cena num misto de aceite e obrigação de grupo. O que ninguém enxergava era que o Tonim vibrava em outra altura. Se pudesse, ficava quieto, apreciando o jeito das nuvens, andando de olhos fechados nas brechas do pomar, revelando discreto as ausências que acontecem quando a chuva passa de repente.

Mas nem tudo eram espinhos naquela vida solar. O Tonim sabia apreciar construir pistas de bicicletas e, quem olhasse direito, veria que suas mãos eram hábeis e que sua visão de planejamento não era pouca. Gostava de correr nas rampas, subir em árvores. E isso era feito em companhia, com longas viagens aos sítios, pulando cercas, correndo de bois. Riso era melhor junto. Disso ninguém duvida e mesmo os inimigos são capazes de rir nas tréguas de seus combates, como acontecia nos episódios de *Dragon Ball*.

Depois de um dia de trabalho duro na pista, em que abriram uma reta importante para ultrapassagens, os meninos desciam de bicicleta de volta para casa. As mãos do Tonim cheias de terra. Desciam alvoroçados, cada qual em sua bicicleta, menos o Tonim, que tinha subido a pé para levar uma cavadeira que pegou emprestado do vô para abrir um buraco, que depois cobriram com folhas para armar uma armadilha. Os moleques pilotavam devagar, por gosto, o filho de leiteiro apreciando o barulho estridente das pastilhas de freio gastas, parecia se comunicar assim. O Claudinho, do outro lado, não prestava atenção em nada, repetindo as palavras do seu tio bêbado no boteco. Atiçado, gostava de tentar envergonhar o Tonim. O Henrique ria enquanto tentava empinar, arriscando cair de cara. O filho do leiteiro falou que ia descer o cacete se os loirinhos que moravam lá perto resolvessem usar a pista. Alguém lembrou sabiamente que quem fosse sairia com pneu furado no caminho falso. Até o Tonim gostou de pensar nisso, nessa sábia armadilha oculta. A verdade é que foi ele quem encontrou os espinhos pontudos. Ajudou também a furar o chão para deixá-los em pé. E foi ele quem colheu capim seco para ocultar o caminho correto. Ele gostava de armadilhas.

Bem na esquina ficava a casa do Jackson, recém-chegado na vila. Um riu, outro encheu as bochechas de ar, o outro avermelhou. O Tonim continuou como estava. O Jackson lavava um Gol quadrado 1.0, branco, usando shorts bem curtos, com flores desenhadas em vermelho, amarelo e rosa, num fundo azul claro. O short chamou atenção porque o Jackson esfregava o capô do carro, muito ensaboado, empinado, enquanto dançava "Barbie Girl", que tocava muito alto, vibrando a lataria molhada. Uma regata branca apertada tonificava seu tórax, magro. *I'm a barbie girl in a barbie world*, e um rabo de cavalo. Os meninos nunca tinham visto um homem tão feminino, e logo Claudinho soltou baixinho "é uma bicha". Até o Tonim, que não era de troça, riu. Não deu tempo de entender e os outros começaram a rir mais alto. O Jackson viu os meninos rindo e ficou furioso. Fechou a cara e arregalou uns olhos de rapina, queria cuspir fogo. A adrenalina subiu e o Henrique gritou "viado!", fazendo os outros racharem de rir. O Tonim não gritou nada, mas deixou um rir na cara, sem querer correr, sem fugir, pois ainda risse, não queria participar da zoeira. Mas todo mundo correu rápido e ele ficou para trás, sendo o único a pé, fato que ele consentiu como tivesse mais coragem, como fosse mais maduro. Não quis correr e andou como se nada devesse, senão que ele lembrou daquele riso que despregou de seu rosto. Mas nada adiantou quando o Jackson virou a esquina com uma faca na mão e encontrou bem o olhar dele "eu vou te matar, seu desgraçado!". O Tonim gelou todo e saiu correndo feito raio. "Se você passar aqui eu te mato, seu moleque!".

Na primeira noite foi difícil dormir. O Tonim ficou lembrando cada detalhe de como aquilo tinha acontecido. Sentia raiva dos outros, que começaram a zoeira. "Ele vai te matar, Tonim", o Claudinho falou depois, "cuidado hein, ele vai te pegar". No outro dia, o Tonim quase não prestou atenção na aula. Inquieto, revisitava a situação e não parecia certo. Desde o começo, ele não queria rir do Jackson e não tinha problema com seus shorts ou com a sua música. Mas com o canivete, sua lâmina. Sentiu vontade de ficar dentro de casa e evitar a rua. Quando os meninos bateram lá, gritando por ele, pois era hora de ir para a pista, ele falou que ia mais tarde pois estava ajudando a mãe em casa, mas era só um truque para poder mudar de caminho na subida, evitando a porta da casa do Jackson. Desde então, começou a dar um jeito de sair antes ou depois dos outros, correndo para casa, para evitar passar lá.

Algumas semanas depois, a história já ia ficando esquecida e o Tonim pensava nela apenas algumas vezes ao dia, como um lembrete de que não podia enfim relaxar. Em vez de sentir medo, começou a ficar ansioso pela curiosidade de passar perto da casa do Jackson. O Tonim gostava de armadilhas. Sem os outros, queria investigar o portão do Jackson. O jeito de mormaço da pista de bicicletas incomodava naqueles dias quentes, impulsionando o desejo da sombra de uma garagem cheia de samambaias e cuidada por uma senhorinha. Quando o Tonim criou coragem e passou lá na frente, logo percebeu que a casa do Jackson tinha esse ar. Pelas grades com tinta esmaltada descascando, ele soube perceber os detalhes bem cuidados das rosas, espreitando, viu o golzinho branco estacionado e saiu correndo quando viu o vulto do Jackson lá dentro e teve a impressão de que ele tinha uma tesoura na mão.

Mesmo para as crianças, muito atentas, a rotina tem a função de desencantar e de amaciar o aprumo da cautela. Um dia o Tonim estava andando de soquinho com a bike, daquele jeito zigue-zague para o asfalto quente não derreter o pneu. Distraído, nem lembrou que logo ali era a casa do Jackson. Bem nesse dia. Foi quando ouviu a voz dizer "eu não falei que não era pra você passar daqui pivete?". Gelou a barriga na hora e o Tonim já armava as pernas para pedalar qual fosse cobra peçonhenta chocalhando perto do pé, mas também paralisou e mais ainda quando viu que ele sorria de um jeito tranquilo, que lembrava mesmo o jeito de suas tias. "Tô brincando, garoto. Já vi que tu não é dos machinhos". Tonim parou e calçou o pé no pedal da bicicleta, pronto para correr. "Que música era aquela que você tava escutando?". "Música de bicha, você gostou?". O Tonim pensou bem e sentiu certa vertigem daquela música. "Parecia um chiclete de tutti-frutti". O Jackson encostou no golzinho, pensativo, com um jeito de flamingo. "Pior que faz sentido. Você mora onde, moleque?". "Na rua debaixo, perto do beco 12". "Ali pertinho. Você gosta de música?". O Tonim gostava de pôr os pés no barro. "Gosto". "Tu tem um toca CD em casa?". Era ali onde tocavam as músicas da igreja e as modas sertanejas. "Tenho". "Peraí, então". A voz do Jackson parecia distante, o jeito que ele falava *tu*, que trazia as palavras musicadas, diferente. Ele voltou com uma caixinha de CD com uma das hastes quebradas. Abriu e mostrou para o Tonim o disco marcado de caneta rosa "glamour e glitter". "Me diz depois se gostou".

Demorou dois dias para o Tonim ouvir o CD. Esperou a mãe ir para o supermercado, o pai trabalhar, a irmã distraída no quintal e a vó era surda mesmo. A faixa 3 era "Barbie Girl", que o Jackson ouvia no dia em que se conheceram. As outras o Tonim nunca tinha ouvido. Tinham uma sensação de plástico e de pó ao mesmo tempo, muito parecida com a que ele sentia ao ver a figura do Jackson. Os pops e plaps dos sons eletrônicos mascavam o chiclete da seriedade adulta, zombando dos corpos grandes. Tudo parecia uma brincadeira travestida de euforia, misturada com um sábado regado a refrigerante, que abria alas para um momento depois do almoço, em que se deitava na garagem fresca de uma casa de esquina com a garagem repleta de samambaias. "Vovó", e o Jackson com seu casaquinho de tricô para frente e para trás numa cadeira de balanço", "você já ouviu música de bicha?" "Que música é essa, Tonim?". Era o Pai. De sobressalto, o *eject* no rádio CCE, cortando no ar o sonho em verde eletro que vibrava na sala. "Música estranha hein, Tonim?". O Tonim guardou rápido para ele não ver o disco assinado de rosa, uma espécie de confissão. "Henrique me emprestou". "Achei que ele gostava de sertanejo, igual ao pai dele". Nem o Tonim gostou muito da música para falar a verdade. Mas era mais que isso.

 O Tonim criou coragem e bateu lá. Espreitou bem para ver que não tinha ninguém na rua, nenhuma senhora da igreja ou um dos moleques que iam zoar eternamente se vissem ele de papo com o Jackson. O cabeleireiro apareceu olhando pela janela, seu cabelo lavado e solto, olhos escondidos atrás de aros redondos em uns óculos de estudos. "E aí, Tonim, vou abrir". O Tonim ficou trançando os pés, meio nervoso, daquele jeito de quem não quer ser visto. "E aí, gostou do CD?", "Gostei", "é bom, né? Você quer que te grave uma cópia?", "dá pra fazer isso, é?", "claro que dá, vem aqui que te faço uma cópia, entra aí, menino". Melhor não, pensou o Tonim, com um frio na barriga. Entrar naquela casa significava muita coisa na vizinhança, em que se cochichava pelos cantos sobre a limpeza ou sobre a qualidade dos móveis dos vizinhos. O Tonim às vezes pensava deitado lá no topo da *mesa*, olhando a cidade de cima, sobre as casas e seus interiores, os cheiros. A casa da madrinha tinha um cheiro de especiaria, de tempero Ajinomoto. Uma das casas frias de chão verde da vizinhança ele tinha entrado uma vez só, quando a mãe ficou encarregada de cuidar das plantas e o povo rico viajou um mês inteiro para fora do país. Cada casa com seu cheiro, sua luz. Mas a casa do Jackson representava um mistério diferente. Agora ele já tinha ouvido falar no mercadinho, do gay que tinha mudado ali. Era um cabeleireiro "muito bom", tinha dito a mãe, que tinha ouvido histórias das vizinhas. E o Tonim que tinha visto o shorts, a dança, o Gol e a ira do Jackson, queria saber se lá dentro tinha cheiro de tutti-frutti igual à música da Barbie Girl. E aceitou, mas quieto, foi entrando, como um pássaro que entra aos poucos na arapuca.

"Eu vou ligar o computador pra te fazer uma cópia, senta aí, você quer uma coisa de beber, um refri?" Ele aceitou e se sentou no estofado vermelho, a televisão de tubo estava ligada num programa que mostrava os bastidores das novelas, mas o som estava desligado. Uma vitrola tocava uma música tranquila, muito diferente do eletro de "Barbie Girl". O Tonim nunca tinha ouvido nada parecido com aquilo. "É Debussy essa música, não é lindo?". O Jackson parecia responder aos pensamentos do Tonim. "Tá demorando pra ligar, mas uma hora vai." Na parede havia vários pôsteres de filmes e bandas; em um deles, logo em cima da mesinha do computador que Jackson tentava ligar, uma foto de um homem de bigode com um microfone, vestido todo de amarelo na frente de uma multidão. Ele tinha os olhos fechados e um sorriso enorme no rosto. Embaixo, as letras diziam "Queen". "Vai menino, dá uma olhada nos discos, olha ali, tem uma caixa cheia, toma seu refri", entregando uma latinha de Fanta. Nesse acordar, o Tonim realizou a estranheza da situação, pois se sentiu criança e viu esse homem com rabo de cavalo sorrindo com uma latinha de refrigerante e lembrou de sua faca, "vou te matar". O Tonim deve ter arregalado tanto o olho, que o cabeleireiro percebeu e logo foi falando "Menino, desculpa aquele dia. Você sabe que é foda ter que aguentar essa gente preconceituosa e nojenta que vive aqui. Não sei se aguento muito nesse bairro de carolas que eu fui me meter. E esses moleques aí, imagina os tipos que vão virar, eu conheço bem esses trastes a vida toda, se você não se impõe eles te matam sem dó". O Tonim assentiu sem saber por que assentia, mas já tinha visto como todo mundo falava do Jackson, como se ele fosse um perigo. E ele também sabia da crueldade das crianças, de como podiam sorrir e gostar de ver o sofrimento num outro mais fraco. "Tá tudo bem." Ele respondeu sério. O Jackson olhou para o menino, como se de repente o visse de verdade, e suspirou. Depois virou de costas e concentrou no programa de computador, sem deixar de manter o assunto.

O Tonim se sentou no tapete felpudo e começou a mexer nos discos. "Você quer ser músico, é? Deve ter dom, tão novo e tão perceptivo para música, aquilo que você falou, que a música parecia tutti-frutti, você sabe o que é isso?". O Tonim disse que não. "Chama sinestesia, é uma figura de linguagem, sua professora da escola vai te contar alguma hora". "Cine o que?". "Sinestesia", girando a cadeira giratória, empolgado por explicar essa novidade para o menino. "É quando você sente o cheiro de um som, vê a cor de um sabor..." ele mexia as mãos no ar, como quem orquestrasse uma canção, "é uma sensualidade e uma poesia do mundo, que mostra que a gente é pequeno, uma boa música te faz ver memórias, viajar para lugares, sentir amor ou tristeza e mudar todo o ambiente! É sinestesia, garoto, é a pura arte!". O Tonim ficou de boca aberta e Jackson riu, "entendeu nada né, menino? Me empolguei aqui, deixa agilizar o processo que tenho muito o que fazer hoje".

O Tonim viu um violão num canto. Não, nunca tinha pensado em ser músico, mas percebeu que agora a ideia não sairia fácil de sua cabeça. Em casa só se ouvia rádio aos domingos, as músicas sertanejas que o pai e a mãe gostavam. "Onde você arrumou tanto disco?". Ele deu uma risada, "fui comprando, loja de usados, alguns eu ganhei de presente". A casa tinha um cheiro de pó perfumado e ele viu uma torradeira estilo americano pela porta que dava acesso à cozinha. "Pode vir aí alguma hora e ouvir o que você quiser, mas tem que ser ou bem cedo ou de noite, porque eu trabalho, e bastante, ao contrário dessa gente fofoqueira aqui da vila. Inclusive, terminando aqui seu CD eu volto para o salão, meu bem". O toque carinhoso no final da frase lembrou Tonim da maneira como suas tias e avós falavam com ele, apertando sua bochecha, bagunçando seu cabelo, era estranho um homem falando assim e isso constrangeu o menino, que avermelhou e ficou irritado. O Tonim detestava que as tias mexessem nele como se fosse um bichinho. O pensamento deu a volta, ele sentiu um ranço do Jackson e veio à mente a voz do Henrique dizendo "viado". O que ele estava fazendo na casa da bicha do quarteirão? Será que os meninos estavam certos do que diziam quando zoavam ele na pistinha? Que ele era fraco, bicha, molenga. Afinal, por que aquele homem estava gravando CDs e convidando ele para ouvir música? Será que era um aproveitador, será que a porta estava aberta? Deu um apavoro e o pensamento do dia cheio de sol, do ar livre, da rua lá fora, começou a aparecer com muita força, uma libertação. "Você é meu amigo" disse o Jackson, como se fosse telepático, entregando o CD ainda quente do gravador. "Ouve lá, eu coloquei umas músicas extras aí pra você".

"Ele era meu amigo". Foi tudo o que o Tonim conseguiu contar para a irmã, no banco da rua, depois de lembrar do CD que ainda estava em sua mochila e não querer lembrar o resto. Depois, começou a chorar, sentindo desmanchar uma pedra dura que há dias trancava sua garganta enquanto os meninos ficavam tirando onda "foi você que matou ele, Tonim?". A pedra furada transbordou e o menino chorou como nunca havia se permitido na frente da irmã mais velha. Desde os dez anos, suas lágrimas eram apenas para a *mesa*, para a solidão do buracão e, a contragosto, para os meninos que não paravam de atormentá-lo até ver elas caírem de seus olhos. Já tinha aprendido até a não chorar diante da mãe, para não dar preocupação, queria que ela o achasse forte e não contava nada do que acontecia na rua. Maria esbugalhou os olhos, pois também nunca tinha visto o Tonim chorar desse jeito, sem raiva ou birra, mas só de tristeza mesmo. Num gesto muito novo, ela abraçou seu corpo solto e não perguntou mais nada, ainda que seu pensamento estivesse borbulhando com a ideia de que seu irmãozinho podia ser amigo do cabeleireiro gay assassinado três dias antes. Sentiu o respirar intenso do irmão e chorou junto, numa empatia confusa, ali naquele abraço terno. Tonim ainda disse "eu tô com medo". A irmã acariciou seus cabelos macios e olhou seus olhos muito vermelhos. Com seus treze anos e, como que ciente de sua responsabilidade, soube imitar uma cena de novela e dizer "vai ficar tudo bem, Tonim". Pegou a mão do irmão, "vamos pra casa, já tá tarde, depois quero que você me conte tudo sobre essa história de ser amigo do Jackson, tá bom?". Ele assentiu com a cabeça, sem jeito. Subiram a rua de mãos dadas e sem perguntar nada, cada qual mirabolando em pensamento o que sabia da situação. O silêncio conjunto era um conforto, como um cobertor num corpo ainda úmido da chuva.

Agora eu sou um albatroz. Voando sobre o oceano eu busco uma ilha distante onde poderei acasalar. Me despedi do corpo humano apenas porque agora sei ser o pássaro gigante. Vez ou outra vejo alguns humanos, o faroleiro, o marinheiro. Outro dia, vi uma baleia ancestral e logo depois mergulhei nas águas salgadas, para capturar um peixe furta-cor. Seu sabor era como uma fruta, uma doce pera dos mares. Eu amei a sua textura. São milhares de quilômetros pelos céus, mas meus ossos são cheios de ar e deixei na terra todas as preocupações humanas. Aliso o pensamento como quem dobra um lençol sobre a cama, que nunca mais dormirei. Sinto no peito um moinho das emoções de quem parte. Mas não pense que guardo mágoas, não deixo nada para trás senão o amor e é amor o que carrego em mim. Eu cuidei delas, da minha família, e elas cuidaram de mim. Eu vivi simples a infância humana e me tornei albatroz antes da maioridade. Fui feliz.

 O sol lá no alto esquenta minhas plumas e o vento oriental me faz planar sobre o mar azul. Gosto de permanecer imóvel no céu por um tempo, um prazer de albatroz. Quando eu era humano, amava ver o gavião branco que gostava de rodear um terreno baldio perto de casa. Ele fazia o mesmo, parava lá no céu, planando, e meus olhos frágeis de humano ofuscados pelo brilho do sol. A minha vó, pouco antes de morrer, me informou que aquele era o espírito santo. Eu entendi que o espírito santo era uma ave e ele era santo pois voava e fazia tudo o que queria nas vastidões, nas nuvens e nas torrentes que caiam sobre a Terra. Eu queria saber dele perto, ouvir suas mensagens, mas ele sentia medo ou preguiça de descer, então fui obrigado a subir. Planejei aos poucos um sonho em que poderia encontrá-lo. Criei altitudes nas nuvens e projetei um fio, um maravilhoso fio diamantino, pendurado lá no alto em um varal comprido como o mundo. A segunda parte era alcançá-lo. Eu ainda não tinha as asas de albatroz, era todo humano, então tentei saltar para alcançar o fio diamantino. Não consegui. Faltava fé. Precisei plantar uma árvore, um abacateiro. Despendi muita energia de sonho para fazê-lo crescer rapidamente. Aprendi o poder do foco e da paciência. A nobre árvore via o céu e ficava sedenta de toda a água azul lá no alto, por isso foi subindo, como planejado, e eu passei muito tempo nesse sonho, cada dia subindo um pouco. Suas raízes eram fundadas no terreno baldio e assim eu sabia que quando crescesse bem alto, eu poderia alcançar o espírito santo.

Dormia e acordava no sonho do abacateiro. Ele devolvia abacates deliciosos, saborosos, sentia o cheiro em minha pele feita deles. Até que um dia eu finalmente encontrei o fio. Era translúcido, mas eu conseguia discernir o brilho no céu. Com cuidado, aprendi a subir, a partir de um galho gentil. Depois entendi que esse momento foi um prólogo de voo. Aos poucos, um passo e depois outro, equilibrando nesse fio, obcecado em não olhar para baixo. O espírito santo planava buscando o que comer. Pedi licença e perguntei se ele podia me ensinar a voar. Ele respondeu com uma risada um tanto grosseira, sem crer em mim, que não havia jeito pois eu era um bicho homem. Percebi que a rapina contagiava a sua fala. Eu disse, não, eu quero voar espírito santo. Reconhecendo que eu sabia vê-lo, o bicho me olhou com o olho direito e me apontando seu bico afiado: você precisa plantar asas e nascer pássaro. Eu disse como, como é possível plantar asas? Da mesma forma que plantou o abacateiro. Era preciso plantar as asas em minhas costas, ele repetiu, e o mais importante:

evitar que os meus vizinhos conseguissem me provar que era impossível. E não apenas os vizinhos, mas todos os humanos. Eu achei fácil, pois era chamado de teimoso e minha mãe e minhas irmãs nunca iriam me enganar. Os humanos não voam porque não tem fé? Eu tentei perguntar. Mas ele deu um grito piado forte e agudo e desceu como um retão de pipa de criança. Foi assim que debaixo de boca aberta para ver o que ele ia comer, me desequilibrei e caí.

Lá embaixo, comecei a planejar essas asas, que me levam pelo oceano, nessa longa viagem rumo à ilha do amor. O espírito santo, depois desse contato, me ajudou com as asas, me ensinando a língua das aves e como acessar por dentro o mapa do destino em meu coração. Foi assim que pude encontrar as sementes escondidas das asas. Estavam armazenadas lá no fundo e eu precisei adorá-las e amá-las em sono profundo. Eram tímidas e gostavam de um manto estrelado leitoso. Atingimos intimidade com certo esforço em não as assustar, pois eram ariscas e se escondiam nas minhas costas ao menor sinal de um espelho. Prometi não as expor para arrecadar orgulho e com cuidado elas logo começaram a brotar. O espírito disse sê o que tu és que é tudo o que há, serás albatroz. Fiquei muito feliz, pois sempre amara os albatrozes e as garças e todas as aves marinhas. Eu cresci na beira do mar, lembrando de meu pai que morreu na vastidão e pedi para minha mãe – que fiava as redes dos pescadores – que me dissesse tudo sobre o mar e contei para ela que um dia eu partiria voando, para uma ilha de albatrozes na qual os homens nunca aportavam. Ela entendeu, pois ela sabia dos segredos da terra do meu corpo. Eu era fruto dela, que cuidava das baleias que vez ou outra encalhavam na margem, confortando-as e curando-as para que passassem bem fora da água. Com alma de garça e óleo de sementes encontradas no centro dos peixes, eu nasci. A minha primeira lembrança foi o olho planeta de uma baleia encalhada, visto do colo de minha mãe, que não tinha com quem me deixar. O olho planeta virou minha segunda mãe, pois é minha primeira lembrança de criança.

    Quando chegou o dia da partida, a mãe e as irmãs gêmeas choraram muito. Mas elas choraram sem nó e acariciaram minhas penas, sem raiva ou desgosto, apenas uma tristeza entendida. Havia muito eu tinha semeado, pena a pena, as grandes asas em minhas costas e minhas irmãs aprenderam a se animar com a minha futura liberdade, se acostumaram com o irmão pássaro. Na verdade, fui apenas o primeiro de nossa geração, pois a Mirna começou desde cedo a pensar de viver nas matas que beiravam às praias, para beber do rio e eu já pude ver saírem uns dentes pontudos de sua boca enquanto dormia. Parecia um filhote de gato do mato, ou jaguatirica. A Loma, por sua vez, decidiu sonhar-se uma mulher de poder. Sendo humana, posso pensar o mundo, ela disse. Eu ficava orgulhoso por ter uma família humana tão cheia de valentia. Minha mãe me instruiu a respeito de segredos do mundo tão importantes para as aves como para os humanos. Quando ela falava, eu ouvia um eco que vinha de um lugar infinito, que é melhor procurar não falar ou pensar muito nele, pois essa busca não tem fim. Até o gavião branco abria os olhos surpresos diante a maestria dela em conduzir as palavras. A sabedoria era tão impressionante que dava ênfase à nobreza de seu silêncio, tão mais comum do que a fala. Foi logo cedo que as raízes de minha mãe começaram a produzir as redes que conduziam debaixo da Terra todas as comunicações que os pescadores rompiam na sede de alimentar suas famílias.

    Demorei anos deixando que as penas ficassem ao sol, tomassem ar, aprendessem do vento com as folhas das árvores e trabalhei arduamente na leveza dos meus ossos, nas batidas do meu peito. Quando meu bico ficou pronto, entendi que precisava de descanso e dormi por dois meses. O espírito santo dizia que era meu tempo de ovo, ainda que dormisse apenas coberto de minhas penas, em uma cama de palha no quarto de minhas irmãs. No dia da partida, as asas brilhavam de zelo e a Loma despejou perfumes tirados da saliva das orquídeas em minhas costas, sabendo que a sua força iria me acompanhar na dança de acasalamento quando chegasse na ilha dos albatrozes. A Mirna me ajudou a afiar as novas garras, raspando-as em uma pedra ao mesmo tempo lisa e porosa. Minha mãe, com cabelos que desciam até o baixo das costas, prendeu um cordãozinho com uma turmalina negra em minha pata direita, insistindo nesse único adorno para manter a leveza do voo.

Minhas irmãs, minha mãe, que eu amo tanto, fiquem atentas aos sonhos e aos suspiros vindos do mar, minhas notícias chegarão por blocos de vento, me esperem na jornada de jovens albatrozes.

A altura é milagrosa! O ar acima do mar é infinito. Nos primeiros dias encontrei golfinhos, bandos de pássaros do mar e até mesmo uma ilha com mais de mil tartarugas brotando da areia. Confesso que comi uma delas. Estranhos instintos apareceram desde que o espírito santo transferiu uma benção para completar a minha transformação, com parte de seus genes. Um transe que liberou o sonho da liberdade no peito do albatroz. Ele me disse que tudo o que existe tem a capacidade de se transformar em qualquer outra coisa, pois somos feitos de um mesmo líquido que ele não poderia nomear. Ele tomava diversas formas para se comunicar com os trajes dos seres da terra. Achava o gavião uma espécie muito bela, que o fazia vaidoso. Porém, ele podia tomar a forma de um caracol, um pé de oliveiras pegando fogo, uma chama azul, um cachalote, uma gota de água, uma história cheia de sentido na boca de uma criança. Eu evito aparecer como humano, ele disse, pois são uma espécie muito convicta de seus reflexos, pensam muito. Tenho medo de esquecer que sou o espírito santo. Ele disse e riu como os gaviões brancos costumam rir em época de lua cheia. Eu fiquei muito impressionado com todas as configurações que o espírito santo havia tomado e me lembrei de minha vó, que bastou olhar uma vez para saber quem ele era.

Um dia, ainda pequeno, na esquina do terceiro quarteirão depois da escola, percebi que já sabia voltar. O mapa dos meus caminhos não eram tantos, formavam qual bosque do anjo solidão, que de tão bonito se perdeu. Ainda agora, nas praças e nos portões, versos de amor reinam esquecidos, sabores de um conto de fadas já sem forma ou crença, que só se sustenta nos corações. São setas de caminhos, indicações de quanto falta para chegar no tal destino.

Crescendo ali, alimentei preocupações com o olhar. É verdade que na proa da varanda da vizinha cresceu uma flor vermelha e muito viva, que enche quem passa. Também dos jeitos dos entregadores de hortaliças, do caminhão do gás que toca Beethoven, onde um dia um homem perdido da companhia, não sabia qual luz de poste se apagou. Venerando as árvores, somente os pássaros, sobre portões fechados enquanto a rústica ferrugem faz seu estrado e dorme no sol dos meios dias. Tanto tempo, tanto cuidado e a rabugice condensou um jeito de olhar que esconde os casos. Um jeito de bem que fala mal.

Mas nem sempre foi assim. Na praça antes tinha folia, de reis magos, que seguem estrela no céu e conduzem incenso, mirra e ouro para presentear crianças-divinas. Nos meus olhos sempre havia a luz dessa rua cheia. A folia chegava com o povo da roça alvoroçado. Viola aberta, afinava-se no entoar agudo dos bastiões, que como palhaços virados na cachaça corriam atrás da gente, com espadas de madeira, assustadores, veneráveis homens simples, que dormiam depois cansados a tarde toda ali mesmo na grama. A gente adorava a folia, aquele sagrado cheio de festa, e o barbudo Sérgio Gumercindo aparecia sempre com sua voz rouca e um cinturão de boiadeiro diferenciado. Um pouco dessa moda faria ressoar de novo uma esperança nesse povo que tanto esconde.

 Logo ali na rua debaixo tinha uma companhia de reis, do finado benzedor Seu Chico Graça. Hoje mesmo ouvi meu pai dizer no telefone que não tinha mais ele para benzer o cão das suas dores. A prece do homem era forte e suspirada, num riso bonito guardado na capelinha. Aquele jeito benzedeiro tão distante da austeridade dos conventos, com suas velas e suas balinhas para adoçar boca de criança assustada. Uma balinha eu te dou se você me contar seu nome, ele dizia, para quebrar o gelo numa astúcia. Me benzeu o homem para tirar um bloco do nariz, para curar bronquite ou qualquer doença, para trazer alegria pra minha mãe e minha avó.

 Essas são algumas das saídas do bairro católico, que são possíveis apenas num arranjo de gente que mais parece flor nascente sem controle, sem a dívida de uma jardinagem planejada. A crença fazia-se repentina, na fluidez de uma bagunça, de olhos fechados, na folia, no cuidado de um homem quase santo que levava à frente um sonho de roça. Daquele cheiro mesmo da erva verde esmiuçada, margarida, de girassol e milagre de pé de feijão. Abobrinha que se planta invertida não dá nunca para contar com boa colheita e nessas graças virava-se para cima o que era do céu. Fazer ponte e atoleiro, açude com traíra, saber qual goiabeira dá da branca e da vermelha e chupar uma manga coquinho, fiapenta, cheia de doce, escondida no meio de um monte de vaca e boi bravo que corre atrás do rabo dos meninos.

 Uma cidade cheia de tão vazia, meu berço natal. Você já pensou em como todo rio é diferente, com sua própria correnteza? Da água não se corta pedaço, não se divide estrato.

Ainda assim, ela avança com personalidade, infinita para nossa pequena vida. Isso a gente pensa de vez em quando na borda de um rio, como o que tem aqui, cheio de redemoinho e da cor de um café com leite em dia nublado. Ele corre selvagem, lar de quem gosta de canoagem, com uma ilha central cheia de bichos tristes num zoológico e outra, menor e mais secreta, onde moram os macacos prego, eles felizes, micando nos cipós. Sabe-se logo: esse é o Rio Pardo. Mas logo a gente esquece, quando bebe, lava roupa, toma banho. Como fosse possível sustentar água sem represa. Uma mulher sábia disse certa vez que na água tem memória e nossa lavagem não passa de transferência. Lá vão as memórias do dia, o barro na sola, sangue, suor e lágrimas. Todos nós nos misturamos nessa sopa gigantesca que evapora e chove nas nossas cabeças. Ainda assim, esquecemos e qualquer água parece a mesma água. Mas nessa cidade toda noite é o Rio Pardo, que lambuza os quintais, tudo muito limpo, para poder descansar. Daquela seiva fluida é que fazemos salgar nosso corpo por dentro, com os minerais de uma terra avermelhada, que tanto brota fruto quanto dá cobreiro nas coxas das crianças.

Isso ainda assim, mesmo com o cloro e o flúor daquela caixa d'água que parece um monumento extraterrestre, lá em cima do morro, onde certa vez foram nadar uns meninos que nunca mais voltaram. Mas desta água é que me formei e dela beberam as vacas do Tazinho, que me deram leite em tenra infância. Tantos anos depois, será que alguma delas ainda vive? Nesse atoleiro de memória que é nossa convivência, não se sabe. Qual delas mugiu seu último suspirar no ano passado, quando o mundo todo mudou e nossas bocas arriscadas juntaram-se aos narizes num triângulo perigoso.

Do mundo conheci um pouco, mas muitas vezes, numa rua perdida no meio de uma cidade nova, encontro ainda um beco, uma árvore chapéu-de-sol, uma garagem sombreada, um jeito de mexer os braços ou de evitar os olhos numa conversa. Está lá, no primeiro mapa de minha memória, essa coisa estranha que é uma cidade, um brotar de comunidade no meio de um sem-fim de mundo. Para muita gente esse é o mapa afetivo da realidade, ali atrás do campo, na sombra dos braços do Cristo de onde cortaram tantas árvores e ergueram uma torre de TV.

Ninguém pôde conceber o mistério da chamada louca, mesmo que qualquer traço de disfarce fosse ausente. Era a Lena. Sentada no banco da praça, fedia e apontava toda mulher, chamando-as de Maria. Apenas os cães da praça sabiam de sua visão refinada. E os dois loucos que andarilhavam pelo bairro, com medo de suas casas cheias de irmãos, tios, pais, agregados, impacientes com as dívidas da família. Dessas conversas só os meninos vadios ouviam sem entender direito, com seus ouvidos entupidos. Mariazinha, a menina trancada em casa, poderia entender, e de longe poetizava a Lena da Rua, no impulso comum das meninas sonhadoras. Presa, absorvia os segredos no ar, que é o mesmo para todo mundo.

Só sabia cuidar da Lena uma das beatas mais aprofundadas nos mistérios, a Maria da Virgem Maria. Como era certo de sua castidade, ela só parava ali quando não estava o Bardo, que toava toadas antigas e tinha um jeito de amor com a Lena. Mesmo assim, ela contribuía para o enlace dos loucos, como quando levou um sabonete profundo, qual alfazema em jarro de porcelana. Na praça, ela rezava uma dezena de ave-marias com terço na mão, olhos fechados de muita fé e odor de incenso em plena praça. "Deus te abençoa, Maria", respondia a Lena para a ministra, que sabia de teologia, dos percursos de Cristo na Galileia. "Senhora é boa, Maria". E quando os meninos de tédio começaram a chamar a Lena de louca, foi essa Maria que ajustou na bondade os ânimos. A Lena ficava furiosa e perigosa diante da infâmia, trovejando, batendo o cabo de vassoura no chão, qual deidade grega, esperando o farfalhar dos raios que faria vigorar nas pestes o seu vasto poder de destruição. E a beata boa da Virgem Maria chegava e afastava os moleques, "cês não sabem que ela pode cair?". Todo mundo tinha esse medo. "Lena, você toma Gardenal?", um pedreiro da cidade futura. "Se ela não toma Gardenal, ela cai", dizia o outro, eletricista, correndo, agitando. E a beata da Virgem Maria afastou a maldade neste dia, por sorte e missão.

    Vez em quando parava a Maria da Cachoeira, sentava no banco da Lena com lágrimas nos olhos e pano nas mãos lavadas. Chorava os pesares de viver com medo, enjaulada em uma casa cheia de janelas que não faziam ver canto algum. Era uma tarde e o mormaço vibrava ondulando no asfalto. A rua estava vazia e permitia aquela confissão estranha, pois entregar intimidade à Lena era sinal de desespero. "Ele não me entende, ele não sabe nada de mim, Lena, não entende quem eu sou, é um estranho, uma pedra no meu sapato, que me prende e me deixa fazer tudo sozinha". "Ah, Maria", diz a Lena, sem saber o que dizer, mas já dizendo ao vê-la assim represada, confluente e sofrida. E a Lena riu de sentir um amor pela Maria da Cachoeira, e a mulher primeiro desentendeu o desaforo, depois sentiu dó de lembrar que a Lena era louca "tadinha, você já sofreu muito também né Lena?". E do riso confinou-se a esperança dentro da Lena em bolinha de luz. Lembrou-se de Helena criança, nos braços da mãe Maria, fibra madeira. Quão doce, antes de dizerem Louca, de babar e vibrar e assustar a professora do jardim de infância que pediu à mãe que Lena não voltasse. Ela precisa de ajuda especial, me desculpe, mas não posso prejudicar a sala toda para cuidar dela. A mãe chorou de noite, puxando forte com o pente os cabelos da Lena, como quisesse tirar na força a loucura de sua cabeça. E do penteado emergia a oração da virgem Maria, cheia de graça, que saberia recompor da mente da Lena uma cura. O pai afastou, duro, com seu chapéu preso à nuca, à filha desenvolvida em defeito, uma vergonha de seu fraco não descobrir amá-la, mas reagi-la, defender-se dela e procurar sem querer uma saída.

    Deste sonho voltou à praça, mais uma vez, sozinha pois já há muito a Maria dos olhos tinha ido embora, levando todo o seu amor reprimido. Abriu o portão de ferro e travou a porta. Esqueceu-se dentro da casa e foi lembrar apenas de Lena no dia seguinte, quando ela caiu. "Ela cair assim é perigoso para as crianças" dizia o carteiro com medo dos cães, "pobre mulher" dizia a outra que se afastava de ser pobre e mulher. Levantaram a Lena do chão, pesada e com a cara de sangue. "Ela caiu de repente, machucou, olha só". A história contada muitas vezes. Levaram ela para o irmão, Roberto, que fechava a cara como se tivesse botões de camisa no lugar do nariz. "Ela precisa tomar o remédio dela, na hora certa, você tem que cuidar disso", dizia a vizinha, com sua bondade preocupada, com calma perdida por acudir emergências. E o Roberto gemia um aceite rebelde. "Qualquer hora vai acontecer o pior com ela". Lá dentro o irmão queimava de raiva, ausente de mãe e pai mortos, tendo de cuidar da irmã doida, a quem chamava de encosto. Tinha que comprar comida, fazê-la tomar banho, arrumar roupa para ela se vestir e dar remédio na hora certa. A única coisa boa era a ajuda do governo, dinheiro para cuidar da inválida. Mas não pagava a vergonha dessa gente entrando em casa.

    Depois a Lena medicada apareceu cheia de vazio para sentar no seu banco. Até mesmo os cachorros não reconheciam uma presença autorizável, o misto de pastor-alemão vira-lata lambia a sua canela, como se procurasse acordá-la da torpeza pelo excesso de substância. Um olhar atento diria que agora ela era parte remédio, em seu instante o compasso de um olhar perdido. O pensamento da Lena ia lento, coagulado. Letárgica, mesmo as provocações dos meninos não faziam urgir a fúria ancestral. Mariazinha, que espreitava pela janela aquela rua cheia de árvores, compreendia a dona da praça anestesiada. A tarde esquentava diferente, deixando o pio dos pássaros mais ressonante. O Bardo apareceu e animou um pouco com as suas músicas antigas de bordel, depois foi embora e a beata da Virgem Maria trocou o band-aid de seu ferimento, dizendo "já fui enfermeira, cuidei de muita gente na Santa Casa de Misericórdia". "Deus abençoe, Maria", falava a Lena baixinho, e seus olhos azuis pareciam mais profundos, como o céu sem nuvens.

O cotidiano na praça tinha requintes de eternidade. No embalo dos dias, uma semana traja os acontecimentos com a aparência de um caminho natural. E como antes, o irmão esqueceu do remédio e da hora certa, e assim a Lena aproveitou para recomeçar sua euforia, da criatura mundo e seus entes sagrados.

A vizinhança logo compreendia que a negligência de Roberto era exposta no modo da fala de Lena, a voz alta e craquelada, com lampejos da Helena profunda em seu interior. Era mais o volume do que a prece contida no seu modo de chamar as mulheres, no sombreado dos gestos que calcavam a estadia no chão. "Ela parou de tomar o remédio de novo", entendia a Maria da frente, cortando galhos de uma árvore que passava muito bem sem essa intervenção. "Hoje a Lena tá com tudo", disse, em passos ágeis, o filho de uma viúva notável da rua de trás. Ela agitava mesmo, batendo o cabo de vassoura no chão e quem visse a verdade de seus movimentos enxergaria a dança solar. Os cachorros, babando, sorriam e batiam os rabos como chicotes. Os meninos corriam com estilingues, perseguindo pássaros reais e metafóricos, de passagem, entendiam a Lena e chamavam-na louca, prazerosos em vibrar. Tudo voltava ao normal nas canções do Bardo apaixonado. As beatas e os aposentados não puderam deixar de aceitar que era melhor vê-la viva. A responsabilidade era do irmão e tudo tinha sido feito.

O domingo amanheceu como convém aos dias em que se aprofunda o sagrado. Dias singulares, dotados de personalidade, em que abrir os olhos implica um verdadeiro milagre. Como uma onda gigantesca, a luz foi erguendo-se atrás dos montes, sobrevoando as casas, cobrindo a pretensão das torres de igreja e dos sinais de rádio e TV, árvores iluminavam-se nas sombras da noite que corriam em movimento arisco rumo ao outro mundo. A luz compunha a existência, invadindo as janelas e acordando os preguiçosos em seus travesseiros úmidos. O cheiro de café permeou a vila e até o cigarro de palha de seu Antônio fez sorrir a Maria do Jardim florido, que odiava o fumo e a indulgência dos homens.

A Lena acordou com a presença impregnada. Riu como se fizessem cócegas, rolando entre os lençóis. O brilho pelas frestas da janela fez seu peito aberto, testemunha. Cresceu como um pé de abobrinha, as cordinhas espiraladas imitando o seu cabelo, regando as plantas de orvalho, torcendo o tecido sagrado para beber da água da manhã. Em seu vestido vermelho de retalhos, um favorito, ela espreitou na cozinha a carranca do irmão, que ouvia as propagandas do comércio em uma rádio AM. Em um lance de agilidade, ela tornou-se invisível na cozinha, atravessando a sala empoeirada e saudando São Jorge, que vorazmente matava o pobre dragão.

A rua fez a oferenda a partir de seus passos. No sonho acordado de Lena, sua marcha era a de uma líder à frente da anunciação. O mundo não poderia ignorar sua alegria, quisera estar com uma guirlanda de flores no lugar de uma tiara rosa desgastada. Não importa, a Lena seguia, guiando a multidão invisível, e naquele mundo tinha uma coroa de ninhos d'água espiralados. Apoiando-se no seu cabo de vassoura, soube de antemão que a sua missão divina acompanhava cada instante de imensidão. Na praça, vibrou a visão das Marias Simultâneas e conectadas pela raiz natural, irmãs em dignidade. Sorriu, encantada pelas flores no caminho, belas Marias, bom dia! Ela apreciou e louvou também os homens, com suas machadinhas e alicates, bom dia belos senhores de relógio, pensava a Lena, que já sentia seu corpo cada vez mais leve, como fosse levitar, envergando os pilares e amaciando o que havia resistido. Os pequenos demônios meninos riam alegres de vê-la assim, erguida, voando, sobrepujada de raio de sol. Bom dia, às meninas vestidas a rigor por suas mães, livres para andar, para ver Deus, às Marias seus espelhos e sua alegoria.

De repente, todo mundo estava de pé na igreja e já começava a homilia. Do jardim a Lena ergueu-se e esgueirou pela pesada porta. Atenta, reconheceu o dia especial na batina impecável do padre sob a cúpula daquele domingo, repleto de frações coloridas. Suas palavras bíblicas vibravam as flores trazidas das velhinhas da primeira fila e Jesus anunciou o caminho e guiou os discípulos à luz, incentivando que apenas os mortos ficassem para trás. A Lena absorveu a vicissitude do poder da luz, de deixar o caminho mostrar-se à sua frente. Como se o belo Jesus viesse, mestre, ela viu entre as fileiras de bancos abrirem para ela passar. A Lena magnética sabia, guiada pelo centro de seu peito sol, que ela era Deus, todas as pessoas e todos os seres.

Chegando no altar, a felicidade cresceu imensa e a Lena riu anunciando aos quatro ventos a vontade do altíssimo, que mandava justamente ela, para verdejar sua criação no verbo em alto e bom som. Gargalhou e bateu seu cajado. Viva o sagrado! Viva Deus, Viva As Marias! Gritou a Lena sorridente, brilhante, escandalosa. Viva Lena! Olhando para o alto, ela andou em direção ao centro da Igreja que no silêncio ecoava a sua voz. Os olhos expandiram nos rostos pálidos de quem acordou cedo para ouvir a palavra. Recomposta em Helena, a Louca subiu no altar diante os perplexos olhos do padre, e lá de cima apontou o cajado para o céu, pois essa era a vontade suprema. Sentiu seu corpo apenas como luz transmissiva em ondas por toda a criação. Radiou-se a cura em seus braços esticando até as pontas dos dedos, vazando no ar para a benção de todos os seres vivos. *Bença todo mundo*! Canalizou-se em sua carne o crescer de uma floresta imensa, para preencher o firmamento. E sem saber de nada, a Lena atuou num rezo, contra toda a dúvida e toda a maldade.

    Foi a Maria da Virgem Maria a primeira a tocar no seu braço, naquela gentileza repleta de autoridade vocacional. Depois vieram dois coroinhas e o moço que tocava violão. O padre esperava pacientemente para continuar sua fala depois da interrupção. "Que Deus ajude essa pobre mulher". Assim, tiraram a Lena da igreja, para que não atrapalhasse a liturgia. E acharam que era melhor fechar a porta, para que ela não entrasse novamente.

A lua subia cheia atrás da montanha no horizonte azul-escuro. Meu coração deu três saltos de alegria. Gigante, redonda, sagrada. Eu ri e quis chorar para louvá-la, pois já esperava a sua chegada. O cachimbo, para criar um véu fosse preciso, alicerçar os pés no chão. Um chá de erva-doce para acalmar o vibrar do dia. O desafio era permanecer atento, para não deixar a aparência me levar no sentimento. De olho na sombra para não esquecer de ver a luz. Não. A preocupação era inocente, faltava o elemento verdadeiro. Tanto em pensamento quanto em sentimento, água ou vento, sua voz seria ouvida pois o coração estava aberto.

 A lua cresceu sobre os telhados e na arrumação que restou do dia, vaga-lumes apareceram dos ramos como se brotassem do escuro, tal gotas de néctar na noite. As árvores alimentavam suas folhas da luz do grande céu e todas as nuvens guardaram-se nos rios, para que a rainha brilhasse plena por toda a criação. Eu olhei fixo para ver brilhar o rosto que nunca esquece. A lua era eu e o espelho prateado compõe meu coração. Não demorou muito, ela começou a falar comigo.

 O corpo é um bicho. A lua veio distinta, falando que a Terra, inclusive, também é um bicho. Bicho dela, arredio. As estações, com meus colos água, meu peito fogo, meus braços terra. Manso. O planeta bicho vulcão, chacoalha, treme medo e treme frio; depois alegra, acalenta, abraça um rio. Encanto completo, cheio de instinto e marra. Da minha boca o leão, a centelha do vaga-lume, passeando entre os galhos, serpenteando o ancestral que dorme no meu fundo.

Meu corpo planeta, feito dela, recipiente do seu profundo que não posso tocar sem balançar a água. Da alma, em meu sangue, a sabedoria constituía, meus braços, mãos, pés, de obra sem forma.

Dizem que a Lua instiga a ilusão. Mas o que ela faz é nos lembrar dos espelhos que usamos nos olhos. Projetamos em sua luz o teatro das alegrias e quando ela apaga, procuramos nas suas sombras o que dissolve no amanhecer. Dela reina o sonho e do sonho ela é a matéria. Do que comemos viramos um novo alimento e neste eu me nutri. Toma a Lua da minha mão, reluzente num grande abraço. A Lua cheia não quer se isolar, quer compor, mostrar em ti o que é o amor. Nunca esquecer, de ver ali no outro o que há de ti.

Ó espelho prateado, que beleza o relicário, da proteção, do que é sagrado. Beber tua água, teu orvalho. Mas tudo é feito dele e de si sua própria casa. Olhando para o círculo eterno eu senti a Terra girar. A vertigem de estar tão rápido, rodopiando no espaço. Já não saberia explicar os presentes e as sementes plantadas em meus sonhos.

A Lua encantou-me de luz e pude ver nela o Sol, realçando a flora, eriçando os pelos, adocicando as preocupações em um mergulho de oceano. Na voz, eu quis fazer dela alegre, lá no céu gigante. Os vaga-lumes dançavam no ar a harmonia esverdeada. Embaixo da cadeira um gatinho branco e cinza roçou meus pés e formigas ameaçaram meus dedinhos. Acendi o cachimbo e fiz um véu entre mim e ela. A fumaça subiu no céu em matéria esvoaçada. Fechei os olhos e previ a benção. Entrou no centro de minha testa e ativou a minha origem que é agora e sempre, que é avançar no plano que não se explica, não se contorna, não se prova.

Plena madrugada, acordei. A janelinha estava aberta. Uma fenda para o céu. A Lua passava por ali bem naquele agora, quis se despedir emanando proteção. Quis levantar, mas ela acariciou meus cabelos, me tratou com amor e depois dormiu, para deixar o Sol nascer.

A FOLIA DE RESH

> *Meu benzinho, fale baixo*
> *Que as paredes têm ouvido*
> *Eu não quero que se saiba*
> *Que eu tenho amor escondido*
>
> Cancioneiro popular baiano

I

Diante do espelho, Tomé pode perceber os vincos em seu rosto. O olhar vazio, emoldurado do laranja barato dos espelhinhos de banheiro. Os olhos secos e avermelhados, de centro escuro, a pele de bronze queimado, o cabelo penteado para mais um dia de trabalho na obra. Escovar os dentes, lavar a cara como o seu pai velho ensinou. Mais uma manhã, entre incontáveis, insuportáveis manhãs. Comeu um pão com manteiga e um gole de café forte requentado do dia anterior. Ordenou a casa limpa, sem cuidado, sem enfeite, só o básico, panelas, garfos e colheres velhos. As fotos escondidas em uma caixa de sapato puída, embaixo da cama. De soslaio Tomé percebeu aquela sombra, apagou a luz e saiu para o dia, intencionando o silêncio.

    Amanhecia com a umidade orvalhada que conhecem bem os trabalhadores da manhã e as crianças de uniforme esperando o ônibus da escola. Cecília não pôde nunca pegar sequer um ônibus, ficar resfriada e pedir para ficar em casa tomando leite para evitar a prova de tabuada. Com um sacolejo de cabeça, Tomé desviou da filha. Mas ele sabia que era impossível, pois como a caixa de fotografias embaixo da cama, as memórias sombrias moldam sonhos que não podemos controlar, ainda mais quando a raiva contorna e enquadra as ideias. Tomé prometeu nunca mais amar ninguém depois da morte de sua filha. Não conseguiu acolher Romilda, nem sequer manter-se perto dela, porque quando olhava para a esposa, sentia o insuportável de sua dor ser ainda mais que a sua. O corpo recusava, almejava a solidão. Quando Romilda foi morar com a mãe, a velhinha Dona Flor, ele não protestou, aliviou-se. Alguém poderia cuidar dela. O silêncio aprofundou as panelas areadas na pia, na ausência das flores no vaso de vidro azul, com as pétalas de tulipas de plástico, na mesa de mármore falso. As mãos de Romilda e sua barriga enorme. Os sonhos e as fotos da menina Cecília.

De cabeça baixa no caminho, Tomé não percebeu a bicicleta de Jonas que freou do seu lado da calçada. "Bom dia, seu Tomé". "Dia". "E a viola arretada, já tirou a poeira?". "Que nada larga mão dessa história de viola, moleque". Jonas riu grande. "O senhor ainda vai tocar uma viola pra mim, você vai ver". Jonas era o único amigo que Tomé tinha, por força do próprio Jonas. Ele conhecia todo mundo e todo mundo o conhecia, sendo assim, não aceitava a carranca de Tomé. Mesmo morando na cidade apenas há alguns meses, vibrava sempre um falatório, brincando com as crianças e atrás de alguma moça, sabendo de tudo um pouco e não parando em canto algum. Não tinha vergonha nenhuma na cara e por isso não soava malicioso, mas simplesmente "sem vergonha". Tomé, carrancudo e soturno, o recebia em seu portão e, vira e mexe, trombava com ele pela rua. Foi na semana passada que o moleque chegou: "São Tomé! Quem te viu, quem te vê! Acredita que eu vi o senhor no meu sonho tocando uma viola? Só posso ver para crer!". A troça do moleque-graça não provocava riso nenhum em Tomé, que sem fé não queria saber da metáfora. Mas o papo de viola mexeu.

"Quem te contou que eu tocava viola?", com o olhar grosso e desconfiado para cima do menino que não tinha como ter entrado e visto lá no quartinho do fundo a sua violinha guardada entre garrafas velhas, materiais de construção e quadros de santo que já não faziam sentido. "Estou dizendo para o senhor que eu vi no meu sonho! Tava tocando uma viola arretada, com fitas do Bonfim e tudo." "Isso daí é coisa passada, não quero saber disso, não". "Ah, então o senhor toca mesmo uma viola braba! Toca uma moda pra eu ver, seu Tomé!". "Você deixe de me importunar!". Mas não adiantava. Jonas, depois do sonho, vadiando pelas ruas, parava no portão e perguntava da moda de viola, importunando com gosto o juízo do Tomé, depois fazia um gesto de abaixar a cabeça em reverência diante do resmungo do velho, botava seu chapéu de palha nos cabelos macios e seguia. "Benção, seu Tomé".

Ironia do destino, na obra – casa de um pintor de quadros no loteamento de cima – uma hora o radinho tocou uma moda antiga de viola. Coisa do tempo velho que não volta, pensou Tomé sem dizer nada para o Mancebo, o servente mais novo. Tomé de repente se viu pensando na sua bichinha vermelha, guardada e empoeirada, com seu guizo de cascavel guardado dentro da boca escura. O vô sempre dizia que aquele guizo tinha pertencido à viola de pelo menos três violeiros antes dele. A moda tocava nostálgica, naquele som pobre, carregado de pilha. Sonhando parado em pé, o Tomé só voltou quando o Mancebo gritou: "Acorda, velho! A parede tá ficando torta, coloca aí o nível pra você ver, deixa o Português ver!". Tomé voltou para o trabalho e balançou a cabeça, deixando para lá o pensamento grudado de viola. Passado não volta, passado não traz ninguém e nem nada de volta. Lembrança boa é que nem picão preso na aba da calça, de se tirar uma a uma antes de entrar em casa.

E assim o fez Tomé, chegando sem sentir o cansaço que arcabouçava sua postura curvada. Tirar as botinas, esquentar o arroz e o feijão, fritar um ovo para comer com farofa. Ligar a notícia na TV e deixar o ruído levar embora o pensamento. Antes de dormir, a marca do crucifixo que deixara a cruz marcada na tinta gasta, ao redor do prego vazio em cima da cama. Na hora do rezo, o silêncio. Há tempos o sono demorava para vir, agitado na cama cheia de veios de lençol amarrotado. Como num apego sem destino, Tomé pensou no chapéu de palha de Jonas e só assim pegou no sono. Sonhou com a viola encardida, com olho de peixe e, ao acordar no outro dia, lavou os sonhos na pia como quem tira picão da calça, um a um.

Depois de um tempo, de repente, Jonas sumiu. Nessa rotina repetida, não aparecia fazia um mês no portão e sua ausência deu contornos à presença antes sentida. Não sem sentir uma dose de rabugice, Tomé percebeu que sentia falta do rapaz. Onde ele tinha se metido? Tentou fingir que não se importava, mas a verdade é que passou a deixar a janela aberta com mais frequência. Lembrava das piadas de papagaio, de estrangeiro, cantos de donzelas e traições, histórias da roça e de cachimbo. Essas memórias ajudavam um pouco a substituir os pensamentos sobre Cecília, Romilda, a caixa de fotos, o coração vazio. A verdade, é que fazia um tempo que Tomé só pegava no sono quando pensava nas histórias de Jonas. O silêncio dos dias ficou muito ruidoso e o caminhão do gás, tocando a sua musiquinha clássica, não substituía os floreios do falastrão. As horas de trabalho eram pesadas e cansadas, ainda mais. Sustentar o vazio era muito pesado e foi por isso que Tomé quebrou o seu conhecido silêncio na construção e perguntou do menino para o Mancebo, que agora o olhava desconfiado enquanto habilmente jogava os tijolos para cima da laje.

Mancebo, sujeito católico de ir à missa todo domingo, achava Tomé muito velho para ser ainda servente como ele. Não entendia nada daquele homem. Chegando em casa, comentava com Patrícia sobre o silêncio, o olhar de Tomé. Sua jovem esposa dizia que era da dor dele, para Mancebo rezar para sua alma. "Nunca trabalhei com sujeito tão estranho". O servente tinha medo de Tomé porque ouviu dizer na construção que um dia ele tinha *xingado Deus*, num bar, quando ainda tentava destilar o luto com álcool. E todo mundo compreendia que era raiva e angústia da tragédia da menina Cecília. Mesmo assim "Quem xinga Deus, a língua apodrece" e Mancebo não aceitava. Patrícia o lembrava do caso. Nem os médicos pareciam entender que estranha forma de anemia aplástica abalou a menina, que foi secando e drenando até desaparecer, só podia ser obra Dele e Paciência de Jó, ninguém é obrigado a ter. A Bíblia ensina, mas a lição é de tragar seco demais. Patrícia pensava, mas não falava disso com Mancebo, pois não queria cair no mau olho do marido, valia mais mesmo era falar com Deus.

Diante da pergunta do velho, Mancebo sentiu um calafrio ao ser-lhe dirigida a palavra em questionamento. "Rapaz, o que você quer com aquele moleque?". Tomé engoliu seco. De noite, antes de dormir, depois de lavar o rosto e arrumar os lençóis, pensou em acender uma vela e rezar pela saúde de Jonas. Mas a memória de Cecília amargou seu instante de fé com alarde em seu juízo e a noite escura foi seu abraço. Tentou desconciliar aquela besteira de esperança que sentia na barulheira juvenil de Jonas. Que vacilo! Deixar assim o bom presságio entrar no peito, quando ele sabia que nessa vida nada durava e tudo deixava apenas uma marca dura, de vinco seco. Já pegando no sono decidiu que no fim de semana iria levar a viola para a cidade e vendê-la em uma loja de usados.

Uma semana depois, Jonas apareceu. Tomé estava sentado na escadinha, olhando para o vazio multicolorido do horizonte. Não soube segurar ao ver o rapaz e esboçou o sorriso prêmio tanto trabalhado nas cantigas e piadas. "Oxe. Por onde esteve, Jonas?". O menino olhou fundo nos olhos de Tomé, dessa vez ele mesmo parecendo sério e sombrio. Entregou-lhe um papel na mão. Era um panfleto que anunciava um retiro de meditação "de graça" com dez dias de silêncio em uma fazenda no distrito, perto da saída da cidade. Jonas começou a explicar que estava voltando do tal retiro. "Eu acabei ficando um mês!". Era uma doutrina inspirada no budismo, mas sem religião. Contou histórias, falando da comida do lugar, da energia "transcendente", de como segurou o silêncio por tantos dias e agora se sentia inspirado, novo como folha, vivo e presente. "E já não era assim?". Tomé seguiu prestando atenção contrariada na palavra do jovem, todo estranhado de ter sentido saudade, como se tivesse adquirido um tipo de dívida, sem querer saber de papo de salvação. Jonas continuava explicando. O processo de meditação era guiado pela voz de um mestre que havia passado décadas caminhando pela Índia, sendo iniciado por um monge de nome difícil. De repente, parou de falar, olhou para o velho, que se estranhou mais ainda naquela mirada. "Quando eu estava nesse retiro, velho Tomé, tive certeza de que você precisa ir lá. Para curar a sua dor, para curar a dor de ter perdido sua filha". A primeira reação de Tomé foi fechar a cara e mandar Jonas embora. Dessa vez sem sorrir, mas sem tristeza, o menino fez sua postura e saiu, manchando com seu traje vermelho o pôr do sol. Antes de virar a esquina, virou de volta, levantou a aba do chapéu e acrescentou "começa no final de semana, pense com carinho".

É fato que o gelo havia derretido um pouco no peito de Tomé. As noites que se seguiram foram de energética atividade nos seus sonhos. Viajava em florestas, subia montanhas, comia arroz amarelo, mordia pimentas fortes, acordava com vergonha. Na obra, ficou ainda mais silencioso e uma coisa que nunca tinha acontecido ficou clara para Mancebo: Tomé estava distraído demais, cometendo erros grosseiros e atrapalhando o trabalho, "endoidou de vez". Quando uma parede torta e uma janela mal colocada fizeram-se vistas no olho do Português, o mestre de obras vociferou contra Tomé. "Incompetente, preguiçoso", falou umas boas, "não é à toa que é um velho e ainda trabalhando de servente", e ainda, para finalizar com um gosto amargo, "não dá pra confiar em quem xinga Deus!".

Tomé atirou longe a enxada que se estatelou na parede e soltou até faísca no chão, num som sibilante e metálico. Depois se lançou para fora da obra, quieto e fechado, com a cara dura. Andou sem nem ver pelas ruas e cedeu finalmente à tentação que lhe perseguia os pés, parou num bar e comprou logo uma garrafa de cachaça. Bebeu quase meia garrafa ainda na rua, cambaleando, bêbado e perdido, com ódio do Português, xingando, com um coração partido, aberto, que regurgitava. Em casa, fez o que evitava desde o dia da morte de Cecília; abriu a caixinha de fotos, soprou a poeira e chorou convulso, molhando e babando em tudo. O vestido de Romilda estampado na foto do casamento ficou borrado no papel enlameado junto com o pó. Cecília. Levantou-se, secou, grunhiu. Abriu a porta para o quintal e cambaleou até o quartinho de velharias. Pegou a viola guardada em sua capa velha, abriu o zíper e retirou a bichinha lá de dentro. "Vermelha feito o diabo!". Faltavam duas cordas e a afinação era uma lembrança distante, mas era esse mesmo o seu lamento, descompassado.

II

Diante da grande alegria de Jonas que anunciava que "depois tudo se resolverá, trabalho, tudo!", Tomé pediu as contas e aceitou ir para o retiro. Naquela mesma noite de sábado, se apresentou, bem-vestido e asseado, na porta da fazenda e ponderou seu desconforto diante do ambiente, das pessoas, do cheiro incensado. A maioria era muito jovem, de mão lisa, sem caroços, e tinha a pinta de Jonas, com jeito de gente meio doida ou meio *hippie*. Era o único pedreiro velho e bruto nas redondezas, e ficou mais tranquilo em relembrar que eram dez dias de silêncio a partir dali. Sem conversa, sem besteira. O assistente, que falava com as mãos tanto quanto com a boca, expressando cada palavra com um gesto sutil no ar, começou a explicar o processo. A rotina de meditação era árdua, pelo menos dez horas por dia, de olhos fechados em uma ampla sala com dezenas de outros meditadores. As tarefas de limpeza e o cuidado geral seriam divididas de forma colaborativa e era aconselhado que as pessoas não olhassem muito umas para as outras, como se estivessem sozinhas.

 O procedimento era monótono. Prestar atenção na respiração e buscar uma "atitude observadora" para qualquer pensamento. O foco no fluxo físico de ar, na sensação de cócegas que ele provoca quando entra nas narinas. Logo nas primeiras horas, a observação revelou que os braços e pernas de Tomé eram enrijecidos por conta de tanto trabalho e doíam muito no exercício de não se movimentar. As sensações densas e sutis permeavam o seu corpo em todas as direções. Um silêncio profundo vinha desde o dia em que Cecília morreu e começou a tomar forma, ainda que os passarinhos orquestrassem uma verdadeira sinfonia. Apesar disso, Tomé conseguiu não acessar aquelas memórias e concentrou-se em seu corpo, como era pedido pelo método ensinado. Meditou com intenção e disciplina. A missão era observar as emoções e pensamentos, às vezes fortíssimos, sem deixar-se apegar pelas dores ou prazeres. O exercício de não ceder às reações de nenhum extremo era o caminho para que os traumas fossem liberados, e como Tomé não queria pensar mesmo em nada...

    No terceiro dia de meditação, Tomé ainda não tinha sentido seu coração. No ritmo da respiração, percorreu todos os cantos do corpo, desde os dedos dos pés até os fios de cabelo, como incentivava a voz de barba branca, que falava com um sotaque estranho. As dores nas pernas pareciam barras de ferro em chamas, seguidas de chuvas de luz que percorriam seu corpo de cima a baixo. Sentiu que estava mudando e isso deu-lhe um frio na barriga. No quarto dia, um lagarto passou por seu pé na hora da pausa, perto de uma jabuticabeira sem folhas ou frutos. Contra seu costume, acabou tirando um cochilo deitado na grama e, em seu sonho, o guizo da cascavel foi brotando de dentro da viola até formar uma serpente completa, que fendia o ar com a língua. No sexto dia, sem perder-se em devaneios, mas já imerso naquele estranho espaço em que se sentavam, fechavam os olhos e sentiam seus corpos, Tomé começou a sentir-se cada vez mais desmanchado e um arrepio atravessou sua espinha. Sentiu suas bordas ficarem mais fluidas e seu corpo todo foi tomado por uma vibração de luz agradável. A mente de Tomé era vazia e um branco total tomou conta de seu ser. Não havia mais pedreiro, pai, viola, Cecília, não havia nada. Mas esse nada era ao mesmo tempo a única coisa que existia. Tomé desapareceu na luz infinita. Quando retomou os sentidos, não sabia quanto tempo havia passado, mas estava sozinho no amplo salão de meditação, não tinha sequer ouvido o sino que marcava o final do período de uma hora de imersão. Com uma sensação confusa de desolamento e completude, Tomé chorou sereno e sorriu em silêncio, antes de levantar-se e ir fazer sua tarefa do dia, limpar o banheiro coletivo.

No sétimo dia, Tomé precisou lutar contra a vontade de retomar a sensação que ele definiu como paz. As dores retornaram ainda com mais força e a observação se tornava cada vez mais desafiadora. Apesar disso, o pedreiro percebia em seus braços e tronco cada pelo, cada poro, cada vibração. Foi apenas no nono dia, no quente da tarde, que Tomé começou a penetrar ainda mais. Observou o fluxo do sangue, as moléculas, as fibras e a acidez do seu estômago. Apontou sua atenção para pequenos nódulos e tateou a dureza dos ossos. Nesse ir e vir, de estalos, grumos e fluxos, chegou finalmente ao coração. Viu a câmara bombeando, incansável e imensurável em sua pequena força. Trêmulo, Tomé observou o coração partido e entendeu de uma vez toda a dor daquela porta arrombada e trancada com vigas de madeira, ferro e cimento. Em um ímpeto, quebrou a barreira e mergulhou dentro do coração sem medo e sem desejo. Mas ao invés de encontrar sangue e músculos, um novo fenômeno. Não era a luz infinita, mas uma escuridão impossível. Mergulhou num oceano profundo, como num buraco negro capaz de guardar dentro de seu peito uma estrela, um sol. A descida foi diferente da dissipação que Tomé experimentou quando se tornou plena luz. Agora, sentia forte a presença e toda a sua história passou diante de seus olhos. A infância na roça, com os chinelos de dedo, os pés de manga, a mãe tirando as tripas de peixe na cozinha e o pai acendendo o forno a lenha que deixava a casa toda cheirando a café torrado. O chão vermelho de cimento tingido, as bolas de gude no terreiro com o menino Joaquim, que morreu afogado no açude deixando a vila de agricultores numa melancolia sem consolo. O primeiro amor por Mariazinha, seu vestido xadrez no bailinho e a descoberta da viola vermelha, herança de seu avô, com quem aprendeu as modas e os sambas antigos. Com clareza de vivência, passou pelos encontros de folia de reis e viu-se vestido, ainda jovem, com as roupas de bastião, pulando e correndo atrás das crianças no encontro de companhias que acontecia na Igreja dos Reis Magos lá na cidade. Visualizou o Menino Jesus na manjedoura de palha e retomou o momento em que conheceu Romilda na quermesse da vila, quando ele já tocava a viola nas festas e ela trouxe um sopro de esperança que tirou seu coração sofrido de ter perdido a mãe para uma pneumonia causada pelo excesso de trabalho, enquanto as geadas destruíam as plantações naquele ano. Os dedinhos de Romilda entrelaçados no seu, os anos de namoro e partilha, o pedido de casamento e a sua barriga gigante, a caixa de fotos, os olhinhos amuados de Cecília.

Dentro daquela câmara escura sem limites, Tomé se ajoelhou e baixou a cabeça entre as coxas, com as mãos na cabeça, esquecendo as orientações da meditação e desejou fortemente a paz e o fim. Quando levantou o olhar, a escuridão infinita abriu diante de si e ele viu uma menina dormindo. Com terror, Tomé foi até ela, "Cecília?". Não era. Era uma menina diferente, mais velha, com um vestido branco e cabelos pretos. Tomé tocou no ombro da menina que, despertou vagorosamente, esfregando o rosto com o braço. A menina arregalou os olhos para Tomé, naquela escuridão infinita em que conseguiam se ver com clareza. "Não acredito!", ela disse muito alto e abraçou o tronco de Tomé, que se surpreendeu vestido com uma túnica preta. "Eu achei que você não viria nunca!", disse a menina, que começou a pular e rodar ao redor dele. "Quem é você?", perguntou

Tomé num deslumbre. "Sou Resh! Estou tão feliz que você finalmente me encontrou!". "Você sabe quem eu sou?". "É claro que eu sei! Você é Tomé! Estou dentro de você seu bobo!". E deu uma gargalhada enorme que ecoou nas paredes invisíveis daquele coração. "Eu não aguentava mais dormir aqui sozinha enquanto você ficava lá fora sem me mostrar nada de bom, você não pode fazer isso, seu velho!". Sem saber se pedia desculpas ou se interrogava a menina, Tomé se sentou no meio do breu. "Eu achei que você fosse a Cecília, minha filha, você sabe…". "Preciso mesmo conversar com você sobre isso". A garotinha levantou o dedo e balançou em sinal de reprovação. "A Cecília não gosta nada de ver como você está vivendo, seu velho bobão." "Resh, você sabe pra onde ela foi?". "É claro que não! O que você acha que eu sou, um fantasma?". "E o que você é… Resh?". "Eu sou Resh, prazer! Estou aqui desde que você nasceu e eu queria muito muito muito que você me encontrasse." Tomé ficou olhando aquele sorriso, o jeito de moleca. A menina prosseguiu: "Antes eu vi muitas coisas boas dentro de você. Você era um menino tão divertido! Eu gostava bastante de ficar aqui no seu coração. E quando a gente corria vestido de bastião? Era uma folia só nesse coração! Mas agora, vou ser sincera com você, está muito chato. Eu só durmo e durmo". "Eu não sabia que você estava aqui e… você sabe, eu andei sofrendo muito". "Vem cá", disse Resh, sentando-se de pernas cruzadas e dando uns tapinhas no próprio colo. Tomé cedeu e deitou sua cabeça no colo da menina. "Eu te amo, sabia? Te amo muitão!". O menino Tomé molhou de lágrimas o vestido de Resh e pegou no sono dentro de seu próprio coração.

A PROMESSA QUE NÃO SE DEVE

A promessa pode ser simples, para ser lembrada. Algo como amarrar um lacinho no braço para não esquecer de pagar a conta de água ou do aniversário de um amigo distante. Uma promessa de se importar, uma promessa feita através do olhar, num jeito pertinho da meia-noite, quando um galo prematuro resolve cantar, provocando uma risada simultânea de Carlos e Anastácia. Os amantes de rede, de língua e de tato e, especialmente, de música, já que o que os uniu foi uma conversa sobre música em um bar, no dia em que Anastácia revelou que não apenas conhecia tudo sobre jazz, mas que arriscava melodias e sussurros graves e bem timbrados em seu belo saxofone.

    Carlos está obcecado com a ideia de que as promessas são torções no tempo, previsões de futuro e estranhos movimentos de destino. Mas sempre que ele mostra seus rascunhos para Anastácia, sente que algo se perde na comunicação. Falta algo para fazê-la sentir e desmanchar. Parece que ele gostaria de tocá-la com as palavras sem precisar de mãos, como se pudesse guardar naqueles códigos a emoção que sentia, que fosse despertada daqui a cem anos, como... como uma promessa. Mas agora, o que Carlos faz é se reservar um pouco. "Sem o silêncio, há como ter clímax, Carlos?", disse a terapeuta. Sem apressar a relação dos dois com seus rascunhos, percebia que a vida se encaminhava da melhor forma e a presença de sua amada incorporava fluida em sua escrita.

    "Eu prometo nunca te abandonar" Carlos disse anteontem para Anastácia, e tudo o que aconteceu foi um eco de outros planos ainda mais fundos. "Também não vou te abandonar". De repente, e não foi preciso dizer nada, foi projetada sobre a cama em que estavam enrolados em pernas nuas uma foto que ambos tinham visto em uma revista arqueológica na sala de espera do dentista: dois esqueletos de 2,8 mil anos atrás, encontrados debaixo da terra, num beijo antológico de duas caveiras, misto de calafrio fantasmagórico e doce amor mumificado.

Veja bem o poder das promessas, esses feitiços nobres que acontecem tanto pelos motivos mais profundos quanto pelos mais banais ou mundanos, pensa Carlos, enquanto sorria vendo a boca de Anastácia, ao som de um vinil de *Promises*, de Floating Points, Pharoah Sanders e a Orquestra Sinfônica de Londres. Carlos saboreava o disco, uma descoberta favorita, ainda sentindo na boca o sabor suave dos dedos dos pés de Anastácia. Logo depois de fumar um baseado, Carlos se levanta, pelado, pega uma dose de cachaça e aumenta o som do estéreo. Anastácia fecha os olhos e dança languidamente, enquanto o escritor vai para a sala com seu caderninho. O "Movimento 6" está começando a tomar forma, porque é a hora em que o bicho pega e a orquestra toma conta. Há uma onda a capturar. No sofá, Carlos se imagina como um surfista e descobre onde parou no artigo sobre as promessas. Anastácia apalpa seus cachos saindo do banheiro com um brilho todo único nos olhos e Carlos insiste para si que é o sax de Pharoah que tem esse efeito poderoso sobre o espírito, mas não comenta nada.

Com sua magia de dançarina, Anastácia se veste com um tecido translúcido, que Carlos não consegue entender muito bem, mas prefere não perguntar, para não quebrar o clima. É uma espécie de roupa livre de forma, um pano que ela molda em seu corpo como saias ou vestidos. É deslumbrante. Olhando para o corpo vivo e ainda sentindo o magnetismo de sua mistura com ele, Carlos precisa prometer não perder o foco, enquanto sua companheira acende um cigarro e senta-se do seu lado, soprando uma fumaça púrpura, com as coxas em cima das suas. A luz vermelha é suficiente para a caneta bic vibrar escura como linhas de óleo num céu chuvoso. Com seus traços, cria rumos de estrelas, enquanto reflete a música. O cheiro de Anastácia.

É uma peça mínima e épica, cujo tema central consiste na repetição em intervalo de tempo justo, de apenas uma sequência de notas em seus nove movimentos. As notas se repetem em uma linda frase, quase intangível, matemática e enigmática, num contínuo de pausa e conteúdo. Sobrepujando-a, crescem camadas densas e sutis dos tons viajantes, desde singelos toques de saxofone, que se tornam verdadeiros berros, e da cantoria grave e não ortodoxa na sabedoria de Pharoah, até verdadeiros eflúvios e cataclísmicas intervenções orquestrais. E no meio de toda essa explosão de cores, de emoções e de psicodelias com auras tibetanas, posso notar como aquela singela sequência de notas é justamente a poesia que dá nome ao álbum: a tal promessa.

É uma promessa de que podemos ficar um pouco com a ordem espectral, pois ela vai nos sustentar. Basta dar play e a melodia não vai nos abandonar, mesmo quando dissolver nossa carne. Mesmo quando passarmos do portão final deste sonho e acordarmos em uma realidade totalmente nova. Sentiremos um cordão dourado, brilhante, escondido nas fissuras e recônditos áuricos de um corpo que apenas vibra no grande oceano.

É uma promessa tanto quanto uma cordilheira, como imaginamos que o sol nascerá de novo depois da noite, da mesma maneira que a coluna vertebral promete sustentar um corpo em pé, graças às fibras tão bem estruturadas em segredo debaixo da carne. Uma promessa como a vida. Mais singela do que o círculo que se sente nas espirais, o sabor de fim de tarde num suco de laranja. São a alma que faz aquela pessoa e não outra, com seu jeito doce ou amargo, com seu temperamento tão difícil de suportar em dias frios em que as juntas doem. Com o sorrir ao dizer algo que ela sabe que apenas você, ah, apenas você poderia entender. Promessas, que fazemos todos os dias, mantras que vale não descumprir. Sentidos que reafirmam cada respirar e sacralizam o momento. Orações que ecoam gerações e gerações, das bocas das avós até o medo de escuro de seus bisnetos em navios abandonados.

Anastácia fecha os olhos quando os violinos irrompem na música. Carlos sente o calor das pernas dela crescerem um rio quente que vai subindo de sua ereção, mas que transborda e começa inundar todo o seu corpo, irrigando suas capilaridades. Quando olha para Anastácia, vê a deusa que ela guarda em sua carne, vê seu espírito sentado no sofá velho e isso significa que ele alcançou o bom estado, com a música e com toda aquela efusão do real, conseguindo ultrapassar a vertigem e mergulhar no agora. A sua terapeuta tinha avisado que vertigem era uma sensação do sujeito que enfrenta o "vazio do real" diante de si. Foda-se o vazio, pensou o Carlos, num riso interior e transparente. Quando se sentia assim, na volúpia consagrada pela Deusa Anastácia, não havia vazio que pudesse conter seu jorro de destino. Olha nos olhos dela, mas eles estão escondidos pelas cortinas de suas pálpebras. Observa o rosto cuidadosamente talhado pelos sonhos do criador. De volta ao caderno, Pharoah se despediu neste disco, lançado dezoito meses antes de sua morte. Pharoah é um rio de cristal para sempre transmutado em sinal elétrico. Carlos transmuta a mão que começa a correr mais fluida com a caneta no papel, lutando contra a vontade de beijar o corpo dela e suas ondas maravilhosas.

A promessa de ser a si a cada novo bater do coração. Uma promessa que nem sequer podemos fazer, que a vida segue fazendo por nós. Essa precária manutenção dentro de um sonho cheio de areias nos ouvidos e pequenas comunicações vistas nos líquidos retinais. Quando a tempestade vem e todo o corpo faz-se tormenta, quando o dia amanhece e todo o espaço umedecido se aquece com o sol e com a alegria da continuidade. Tudo isso, no corpo, com suas marcas, com seu jeito de chorar e de rir, de manter-se vivo e respirando, correndo em praias, nadando em rios, pegando trens, olhando pela primeira vez a imensidão, juntando dinheiro, beijando, entrelaçando dedinhos antes de dormir, brigando em meia luz na mesa de cozinha, prometendo e pedindo por favor. O céu se abriu e eu prometi agora nunca mais esquecer o sopro de vida do beija-flor, e marcou-se em dor a perda. E a dor é uma promessa, como uma tatuagem ou uma cicatriz, que não te deixa esquecer do teu caminho: diz-se não nasceste agora. E a vida toda é como uma caixa de fósforos e, um a um, os palitos se queimam.

A promessa é o próprio DNA, com seu código genético, soprando vida para a matéria orgânica. Ou o espírito, com a promessa de que estamos vivos abaixo do nível do sonho, entre tantas enchentes de emoções e desérticas reações, entre revoluções e conservadorismos, resistimos, prometemos e pedimos perdão quando descumprimos nossas promessas. Mais ainda porque sonhamos. A verdade é que sonhamos profundamente, num artesanato infinito de relações e sensações. E lá no fundo, aqueles complexos vetores do passado mudam de forma, como os pensamentos, dos quais não se pode nunca acreditar plenamente, pois são como nuvens passando no céu. É o que, lá no fundo, antes da linguagem, fora do tempo, é capaz enfim de prometer que amanhã eu hei de nascer, hei de saber escolher, pois prometeram-me os anjos coisas lindíssimas naquele crescendo orquestral, quando a terra toda tremeu e minha cura disse: deixe ir, aceite a mão dela que vai te levar para além de tudo o que existe.

Para um pouco, toca a cintura suave de Anastácia, vai mexendo na sua barriga. Um grave vai torneando a música. Ela decide levantar e se enrola em seu pano livre, aumenta o som e vai para a janela. Uma cena de filme, ainda mais que todo o vermelho da sala deixa tudo meio preto e branco. Carlos dá uma bicadinha na cachaça e volta para o caderno. Antes de escrever, pensa que a cidade que Anastácia olha parece outro continente perto da ilha que criaram, cheia de neblina e aroma.

E se eu prometer voar, eu vou voar, e se prometer a folha, eu esverdeio. Eu fibra da mais antiga rosa, do canto mais ancestral e esquecido que ecoa no oceano. E por isso tenho cuidado ao prometer, aprendo a prometer. Pois como posso cuidar de quem ainda não sou enquanto desmancho no vento? Entre o passado e o futuro, sou a promessa do agora, a promessa inesquecível de um sopro de vida sem origem. É assim a promessa. Uma promessa mantida a todo custo, contra a impermanência, o resvalar incontido de metamorfose sobre metamorfose.

Carlos deixa a caneta descansar no papel. Olha ao seu redor enquanto o transe se dissipa. Busca Anastácia e se levanta, bem quando a calmaria começa a transtornar a realidade no "Movimento 9". Devagar, vai até ela, dançando de leve, o ar está repleto de erva quente e a nuance do corpo é uma noite. Abraça Anastácia pelas costas, encapsulando seu calor nos braços lisos. Beija seu pescoço, toca sua nuca, ela arrepia e sorri em seu corpo. Com um jeito felino, gira e enfia as coxas entremeadas nas dele e beija sua boca com lábios acetinados, com seu hálito de flores quentes. A agulha levanta do disco e o chiado se dissipa, o silêncio corta a madrugada. Anastácia olha Carlos nos olhos. "Promete que vai me comer bem gostoso?".

SUA COR FAVORITA

Tão cedo, era como espiar a casa em sua intimidade, debaixo de suas raras sombras. O banheiro, estranhamente silencioso nas brechinhas do choar da água escorrida. Um banho bem tomado para não incomodar o médico. Eram as prescrições da consulta, que lavasse bem as partes inferiores, o pipi. E depois passar a pomada anestésica, xilocaína para que não houvesse muita dor no procedimento.

Fiquei sabendo meses atrás. Os meus pais eram os piores em guardar segredos. Os assuntos giravam na cama, noites seguidas, sempre voltando ao começo. "Ele precisa fazer a cirurgia, senão fica muito velho". "Tadinho". "É normal, a maioria dos meninos tem que fazer". "Eu vou levar ele no médico". A sinceridade dos suspiros noturnos revelava muito mais do que o dia permitia e adubava o contexto dos medos do escuro, a palavra cirurgia escondida embaixo da cama. As paredes, as portas, os armários da casa, uma caranguejeira querendo subir no meu rosto bem quando o sono chegava.

O murmurinho ecoou mudo até minha mãe chegar um dia e dizer num fôlego "Você já tem dez anos", abaixando os olhos nos meus. "Você precisa ir no médico, tirar a fimose". Quando entendi o que era fimose, "uma pelinha", descobri o sentido de tudo, um segredo do meu corpo que só eu ignorava. Algo comum, segundo meu pai, que via razão de explicar o acontecimento do ponto de vista masculino. Meio rindo, completava que a dele saiu sozinho. Nas aulas na escola, deitado na varanda ou olhando no banheiro, comecei a sentir o corpo passageiro. Passageiro do corpo outro. Preso nele como a pele que deve ser arrancada, um prepúcio, cúpula, montanha e catedral. Tudo o que eu sabia era falso. Meus usos? Meus tortos? Doenças escondidas.

Quando terminei o banho bem tomado, espalhei a pomada gelada. Minha mãe veio acelerar, querendo saber se fiz tudo direitinho. Não podíamos chegar atrasados, o médico só cuidava dos pacientes pobres por algumas horas logo de manhã, antes de passar o dia em seu consultório particular. Eu não quis comer muito, a barriga já desconcertada de um anseio que não era estrangeiro na infância. Durante um tempo vivemos tranquilos pelos quintais, observando o mundo e sentindo alegria, até que uma onda de perigos toma conta.

"Mãe, eu vou ter que tirar a roupa lá?". Ela me olhou surpresa. "Você vai ter de baixar as bermudas um pouquinho", explicou com dó. Quando chegamos no posto de saúde, meditei que tudo acabasse logo ou que demorasse para começar. "Somos o número 23, agora está no número 12", disse a mãe. Ainda que a gente acordasse muito cedo, antes de amanhecer, existiam as famílias que acordavam bem de madrugada, ou antes, e ficavam esperando no sereno o abrir das portas.

Uma menina sentou-se do meu lado. Logo notei sua presença, era linda. Seus cabelos escuros caíam nos ombros. Havia no ar uma espécie de seriedade que eu não conhecia nas meninas da escola. Olhei de canto, para evitar o constrangimento de ser visto, revezando minha atenção entre canetas e bebedouros. De relance, notei olhos escuros também contrastados com uma pele amarelada. Estranhei gostar daquela cor, de pensar que havia algo de errado com ela, uma doença. Minha mãe, que tinha acabado uma conversa qualquer com uma senhora, resmungou que não entendia o motivo para tanta gente ir ao urologista. Acredito que minhas perguntas alimentaram sua imaginação, que deu a volta e acrescentou: "logo chega a sua vez meu bem, vai ficar tudo bem". Eu assenti, envergonhado de saber que a menina ouvia a conversa mimosa.

"Você também é doente dos rins?". Levei uns instantes para perceber que a menina falava comigo. "Sua mãe falou que você vai no urologista. Você tem problema nos rins?" Eu confirmei, para não contar a verdade, com um certo alívio por urologistas também cuidarem dos rins. A menina sorriu: "Eu também tenho problema nos rins". Parecia feliz. Soava familiar, sabia como funcionam as ondas de tranquilidade e preocupação, dos meninos que gostam de socar as mãos, de como tem gente que sente alegria em amedrontar. Eu entendi, ainda que a doença fosse outra, ainda que ocultasse a minha vergonha. Tão rápido queria dizer coisas bonitas para tirar o sofrimento dela, de notar os seus detalhes. As unhas também eram amareladas e os dedos lembravam galhos de árvore, um sapato diferente, preto e brilhante.

"Posso ir lá fora?" a menina perguntou para a mãe. Que não demorasse, "logo chega a sua vez, Aline". Ela levantou e arrumou o vestido amassado. Antes de sair, um olhar encontrou o meu, um convite e o frio na barriga combinado à brisa do lado de fora, bateu no abrir da porta um cheiro de pipoca que aliviava o cheiro denso de limpeza. Que minhas mãos se encontrassem e se pegassem era pouco para tomar a decisão. Prever o futuro e capturar um impulso sem origem "posso ir lá fora?". Minha mãe desconfiada, "não vai longe e toma cuidado para não tirar a pomada". Saí rápido para abandonar o pensamento da fimose pregado em mim como uma nota. Passei pelo portão e vi que a menina cutucava alguma coisa no chão com um galhinho. Sorriu ao me ver. Pensei que era uma varinha mágica, como num filme de fantasia. Fiquei com vergonha e tentei bolar uma pergunta, chegando perto dela, quanto tempo faz que você tem problema no rim? Já leu *A Montanha Encantada*? Qual escola você estuda? Mas foi ela quem disse "Vamos brincar?", e saiu correndo.

Num impulso corremos pela manhã em folhas de outono do jardim malcuidado, ignorando o jeito de sentar dos doentes. Que a pomada espalhasse! Eu me esquecia do lembrete em voz materna. Era o momento, a alegria. Que desaparecessem os médicos, os remédios e as mães com suas bolsas. Ela saltitava e corria na ponta dos pés num jeito de vento que parecia respirar outro toque em seu ombro. Corremos até encontrar a grade do fim, uma porta com a placa "ambulatório". A roseira seca ostentava suas últimas folhas. Ela parou na minha frente "uni-duni-tê" e tocou o meio da minha testa, com um empurrãozinho galhofado. Capturei minha boca aberta, porque ela riu e se sentou. Eu me sentei também, peguei uma pedra e comecei a riscar uma estrela no chão, para ter algo de fazer com as mãos.

A menina amarela ficou em silêncio pensando com os olhos nas árvores. Cheiro de tutti-frutti. Meu coração buscando uma saída. Parecia o que eu sentia quando tinha medo, mas ao avesso, uma agonia de sentir esperança e vê-la viva e trazer o depois para o já. Eu quis brincar pelas tardes e falar das naves espaciais que escondia atrás da poltrona do quarto. Aline adoraria conhecer os caminhos secretos que eu encontrei no pomar de casa, as moedas escondidas debaixo do pé de limão. Era a tranquilidade dos dias, quando ela estivesse curada. Resolvi perguntar: "Qual é a sua cor favorita?" bem no raio partido que minha mãe gritou lá atrás num jeito de romper aquele sonho. "Azul!", a menina ainda conseguiu dizer.

O doutor com seu dente postiço prateado saiu à porta, na moda de seu ofício, e falou meu nome em voz firme – última chamada. Voltamos correndo enquanto o gelo me corria no corpo. A menina disse "Vai ficar tudo bem". E eu respondi fazendo sim, deixando o medo me esquecer de dizer que tudo ficaria bem com ela também, enquanto minha mãe pegava no meu braço.

No consultório, uma estranha desordem esterilizada e a cama, forrada de plástico. A mãe ameaçou sentar-se, mas o médico sugeriu que ela ficasse no banco do lado de fora, garantindo que chamaria caso necessário. Ela beijou minha testa, fez um carinho em meu cabelo e saiu, "estou logo aqui na porta". Na cama estranha, a lembrança da menina subiu como um calor de baixo até em cima, misturando com o frio do medo. A barriga conversava. O vislumbrar do bisturi e a leveza de nosso encontro pesavam do outro lado da mentira que eu tinha criado. Como eu poderia dizer a verdade? "Meus rins funcionam perfeitamente". Eu sentia a dor de conhecer num abraço a esperança dela, um apoio. Um engano. O médico começou a explicar. "Vamos tentar fazer o procedimento aqui no consultório. É mais rápido e você pode ir embora sem ter que tomar injeção. Tudo bem?" Eu disse que sim. "Você passou a pomada?". Eu fiz que sim com a cabeça. "Muito bem. Ela é anestésica e vai ajudar com a dor. Se tiver que fazer a cirurgia, vamos anestesiar com injeção". Parecia que aceitar essa opção significava tornar tudo mais sério e perigoso, tirar a dor à força, mas entregar-me para um desconhecido macabro. Eu confirmei. Ele adicionou: "Mas se você sentir uma dor insuportável, aí você levanta a mão, me dá um sinal e a gente vai para a sala de anestesia e prepara uma cirurgia, ok?".

Eu assenti e escondi o medo. O médico começou a tirar lâminas, álcool e outros equipamentos de uma malinha gasta. Ele me pediu para abaixar a bermuda e as cuecas e me tocou com sua luva fria. "Vou buscar lenços de papel, para conter o sangue, espera um minuto". Ele abriu a porta e saiu. Um vento de corredor bateu no meu corpo e vi minha mãe sentada no banco na frente da porta. Ela parecia nervosa e apenas me olhou com dó e carinho. A tentativa de contato me envergonhou na porta aberta.

    Foi aí que o destino calhou de cruzar o olhar da menina amarela com minha nudez. Aline passou pela porta, no meio da deriva infantil que faz parte da espera nos postos de saúde. Ela parou, passou o olhar por minha mãe e voltou para a porta, com a boca aberta, ajustando os olhos para entender que me via. A parte inferior do meu corpo formigava e tentei subir a bermuda correndo, quis gritar ou fechar a porta com o poder da mente. Um nó em minha garganta. Seus olhos, como num ajuste de foco para evitar a composição. Quis dizer "meus rins não estão doentes, mas sinto algo em meu coração", mas permaneci mudo de um silêncio cirúrgico, almejando a telepatia, mesmo sabendo que não dava para mexer as nuvens ao meu bem querer. O médico voltou, fechou a porta rápido, espalhou os lenços de papel na minha barriga e nas coxas para conter o sangue. O bisturi brilhava como seu dente de metal quando ele disse: "Coragem, você já é um homenzinho".

Depois de um ano de concentração, buscas e trabalho mágico, Anya apareceu.

A luz dos postes entrava pelas frestas das árvores e o ar denso e úmido pintava as sensações de clorofila. De fora, o bosque parecia um espaço de vegetação fechada, mas aos poucos a vista ia se acostumando e era possível ver o caminho circular em uma área central, como uma praça rústica. Agradeci aos guias que tinham mostrado para Anya o caminho, e honrei em pensamento *àquela que visita o submundo causando a escassez, mas que sempre retorna multiplicando danças e colheitas*. Os grilos começaram um apito, orquestrado numa composição estridente com as cigarras. O pio misterioso de uma coruja e sons titubeantes que pareciam passos, estalos de galhos e o vento nas folhas. Anya estava transformada. Misturado em seu rosto de mulher, rodeado de cabelos negros e olhos perfurantes, era visível a felina. O jeito do focinho, o rabo volumoso e resplandecente, a penugem prateada e lunar...

— Você conseguiu a transmutação.

— Você consegue ver!

— Uma gata. Não fico nada surpreso.

— O que acha?

Por um lado, via como a alma de Anya estava impregnada em sua pele. Extremamente viva. Por outro lado, não conseguia deixar de pensar justamente o que minha companheira mais odiaria ouvir.

— Você mora na rua agora?

— Não há separação. Por mais que vocês insistam nisso — um jeito de vento cortante sibilou nas palavras de Anya.

— Você sempre gostou de me colocar como *todo mundo*...

— Foi para discutir que você ficou aparecendo nos meus sonhos e mandando mensagens no astral?

Eu não respondi, sequer nos abraçamos. Tudo muito rápido e um tom irreal pintava a conversa. Imaginei centenas de vezes meu reencontro com Anya, e agora... A mulher gata desviou seus olhos de poço profundo. Eu reconsiderei minha postura, tentando entender o que em mim resistia a aceitar.

— Anya, que bom que te encontrei. Você é uma gata maravilhosa.

— Foi eu quem decidi aparecer.

— Por onde você anda? Onde está vivendo? Está morando na rua?

— Você ainda não entendeu? A rua é uma ilusão de gente.

— Bosques, terrenos baldios, onde é sua casa? Não adianta fingir que não entendeu!

Anya abriu a boca, rascunhando uma ameaça. Deixei escapar. A acusação de fingimento é uma das piores para uma mulher que busca a todo instante incorporar sua autenticidade. Eu precisava me controlar. Observei de soslaio sua língua e seus dentes pontudos e afiados. Minha antiga namorada estava de pé, mas seus movimentos eram diferentes dos de uma pessoa ereta. É difícil explicar a agilidade lânguida com que se movia, numa ferocidade incomodada com meu tom já conhecido, rodeando para testar o inimigo. A madrugada tensionava o encontro e o ar pesava um cheiro poderoso de dama-da-noite.

— Você não entendeu. Se acha poderoso! Por vadiar pela cidade com seus sigilos mágicos, conectando os pontos que não foi você quem criou. Coisa de homem, tentando explicar... Você sempre gostou de uma ilusão!

O debate desajeitado me provocava um *déjà vu* de dezenas de noites em nosso apartamento barato. O ataque, o vai e volta, as posições antagônicas sobre magia e rebeldia, as acusações de apreço pelos desejos e distrações de consumo, vindas de uma menina bem-criada, que não tinha passado as dificuldades de crescer para lá da ponte, de ter minha cor e as dores ancestrais que me acompanhavam. Engoli seco e retomei minhas intenções, talhadas com o cuidado da meditação.

— Quero te ouvir.

Anya me olhou bem fundo nos olhos, buscando a motivação para uma nova chance.

— Quem você acha que planta os bosques? — ela respirou forte, arrecadando paciência — Ou você pensa que tudo apenas nasce da terra? Quem cuida das ervas selvagens nas beiras dos córregos? Vocês só arrancam tudo! Sem pedir licença alguma. Quem sopra o sussurro nos leitos dos rios?

— E a sua família? Sua mãe ainda me culpa. Acha que seu sumiço tem a ver com a gente. Que você endoidou por conta de nossos rituais no Monte do Cristo, que eu te levei...

No rosto da mulher-gato, vislumbrei a dor. Anya sempre odiou a investigação de seus pais, sempre fugindo, sem dar notícia. Mas agora, já era demais, era um abandono da própria espécie.

— Se você veio me ofender ou me prender, pode ir embora. Não vou aceitar que me chamem de louca. E cansei de ser castrada por você e por todo mundo. Eu estou bem, sim, com meu povo.

— Quem? Os gatos?

— Vai embora!

— Faz um ano que estou te procurando, Anya. Vasculhei todos os pontos de energia da cidade. Pratiquei telepatia. Convoquei todos os guias, em todas as esferas de manifestação. Cheguei a criar um mapa de nosso símbolo, com cada espaço de energia desta cidade. — Enquanto falava, me lembrei de Jonas, o velho *hippie*, alertando sobre os perigos da magia envolvida com paixões e amores, problemas de São Cipriano, *como seguir a bússola de um coração perdido?* — Tenho certeza de que você sentiu, Anya. Senão, não teria aparecido aqui agora, nessa lua, cheirando a dama-da-noite. Você quer fingir que esqueceu de nosso amor?

— Eu não esqueci.

O modo inquieto de Anya causava um teatro de sombras nas samambaias silvestres que seu povo plantou na rústica praça, iluminada pelas fendas que os galhos criavam. Me lembrei da noite mágica em que nos beijamos inundados por uma tempestade, enquanto no céu um eclipse lunar manchava as nuvens de um mistério que só se entendia em arrepio. Vi a felina, mesclada em toda aquela diferença. O tempo deixava a linearidade e senti um sibilar conhecido, atualizando uma nostalgia daquele jeito arisco, que me deixava louco de vontade e que agora tomava forma num outro jeito de ser corpo.

— Eu vejo que você cresceu, que está mais forte, eu gosto de te ver assim.

— Também gosto de te ver, Anya, em toda a sua verdade.

— Você não pode aceitar toda a minha verdade...

Teimei e ameacei me aproximar, com cuidado, como é costume quando queremos acariciar um gato desconhecido, negociando uma intimidade, na sutileza dos limites. O rabo dela mexia e eu temia que a sua coluna eriçasse. Mas abaixo desse receio, também pude acreditar que ela estava prestes a ronronar. De perto, seus olhos fendidos eram magníficas pedras escuras e vivas, que de repente abriram tensos, em sinal de perigo.

— Tem alguém vindo aqui.

Como quem cai da cama, olhei ao redor. Uma luz branca de lanterna vasculhava entre as árvores do bosque.

— Eles entraram aqui, um casal...
— Isso é uma pouca-vergonha, em um bairro de família.
— Foram fazer sacanagem no mato.

Era um grupo de quase ricos que moravam nas casas por ali. Em certas noites quentes, já saciados do insumo moral do jornal, espreitavam nas calçadas para gerenciar a rua. Um aceno para o guarda de moto, que desse cabo dos tarados.

Eu tinha passado muito tempo nas ruas desde que Anya sumiu. Tinha adotado uma postura silenciosa e errante, o que me legou bons amigos noturnos, grafiteiros e esqueitistas que gostavam de surfar pela paisagem urbana e fumar maconha no topo de prédios em construção. Aprendi a escalar, saltar e correr em muros, grades e barrancos. Quem andar pela cidade com olhos de Hermes, poderá reconhecer minha linguagem em muros insuspeitos, criando espaços de invocação ou sinalizando para Anya que eu estivera lá. Quando a mulher-gato disparou a correr sinuosa entre os galhos, eu não posso dizer que consegui acompanhar sua ginástica felina, mas fiz um bom trabalho em não perder ela de vista. O bosque útero era um espaço abaixo do nível da rua. Para subir, escalei rochas lisas e pontudas, que esfolaram minha mão. Anya se adiantou num atalho, subindo uma árvore com velocidade incompreensível. Quando alcancei a rua de cima, vi seu rabo sumindo no muro de uma casa. Percebi que ela não corria apenas do guarda, mas que aproveitava para fugir também de mim.

Pulei o muro e uma luz logo acendeu, destacando uma faixa do quintal pela porta da cozinha. A lua refletia na água de uma piscina de plástico cheia de brinquedos de criança e me senti um pouco no mundo de gato, seres que ignoram as separações dos homens, numa frágil e poderosa liberdade. Fugindo da luz, saltei o muro do outro lado, num terreno baldio e escuro. Uma planta espinhosa machucou meu braço, minhas pernas começaram a pinicar. Quando finalmente saí do terreno, estava em uma das principais avenidas da cidade, totalmente vazia na madrugada. Anya sumira. Fiquei melancólico e raivoso, com vontade de quebrar alguma coisa. Um ano de busca desconsiderado num diálogo sem sentido! Meti as mãos nos bolsos e segui meu caminho.

Duas quadras à frente, uma ideia brotou. Um casarão abandonado cujo jardim fora parte de uma de nossas aventuras de casal, logo quando nos conhecemos. Anya sempre gostou de entrar escondida nos lugares, o que me excitava e me amedrontava, pois seria muito diferente caso eu fosse pego pela polícia. Uma diferença entre um pai pagando a fiança e o "mau elemento" tomando umas belas porradas antes de passar a noite atrás das grades e ser culpado por algum crime sem suspeito. Talvez isso explique por que eu não tinha mapeado a casa junto com os outros espaços mágicos em meu mapa no computador. Para Anya e para os gatos era muito mais fácil navegar a cidade sem suas separações, sem as fronteiras... Para mim, havia um campo minado, cheio de cercas invisíveis. Era por isso que eu estava buscando a magia apenas nos recantos naturais, nesses poços de vida microscópica que são os terrenos baldios e os bosques. Mas Anya estava certa: observar através das separações causava enganos e eu não podia considerar as arquiteturas humanas apenas na hora de pichar. As casas abandonadas eram verdadeiros templos energéticos no meio da cidade, com seus fantasmas, infiltrações e... gatos.

Uma última tentativa. Em frente ao casarão, vi o número timbrado em estilo colonial, também visível na mureta baixa, que pulei sem dificuldade. Nas sombras da noite, o pomar marcado pelo descuido de décadas tomava uma aura onírica. Parecia um lugar ancestral e intocado, mas daqui alguns meses eu não me espantaria se brotasse ali um novo supermercado. No escuro, vi o semblante de Anya lambendo a própria mão ao lado de dois gatos. O gato preto foi o primeiro a me notar, com um olhar desolado. Depois Anya, e depois a gata rajada.

— Impressionante, ela disse, genuinamente saindo das sombras, você está bem menos medroso.

Decidi omitir meu treinamento com os grafiteiros e as instruções de Jonas. E nem tive tempo de dizer nada. Um alarme começou a tocar no quintal e luzes automáticas acenderam, machucando os olhos. Os sensores instalados pelo comprador da casa deviam ser inteligentes o suficiente para diferenciar gatos de humanos.

— Vem comigo.

Anya resolveu me seguir, depois de um gracejo para o gato preto, como quem diz "fique aqui, sei me cuidar". Por um instante pensei que pudesse ser um amante. Pulei o muro do outro lado do pomar, buscando distância do canto de agouro metálico. Algum guarda sonâmbulo acordava com um susto em algum canto, pronto para pegar a moto e espantar gatos sem noção. Achei graça e suspirei adrenalina, enquanto subimos correndo uma rua de paralelepípedos que devia ter sido construída em cima de um morro, de tão inclinada. Era um bairro cheio de clínicas médicas e eu levava Anya para um lugar especial, fruto de minhas errâncias. Um jardim antigo e esquecido, construído há um século, como adjacência de um hospital público.

Desde que pulamos as grades cheias de trepadeiras, notei que Anya se encantou com o lugar. No fulgor daquela corrida, aproveitei para sugerir que as rendas das camisolas que minha companheira usava em noites de verão combinavam com a sua afeição pelas estátuas de querubins, com as rosas e com a fonte antiga e seca que ficava bem no centro. Eu queria ativar os espaços de imaginação que a gente compartilhava. Percebi que ela recebeu a mensagem com afeto, pois seus gestos agora remetiam a certos sonhos que vivíamos com nossos cabelos emaranhados, nossas histórias acampando à beira-mar ou ao redor de fogueiras no terreiro da mãe Luci. Até as grades eram adornadas com o requinte de padrões arabescos na moda antiga, tomadas por folhagens de ramos espiralados, cacheados, como os cabelos de Anya, cachoeiras de outro tempo. A noite parecia mais clara, como se as nuvens tivessem dado espaço para constelações antes ocultas. Me sentei em um banco atrás de uma amoreira.

— Como você tem vivido?

— Tem tanta coisa acontecendo. Acho que estou perto de descobrir minha missão — disse Anya, sentando-se. Lembrei-me da conversa toda, tantas vezes repetida nos anos que estivemos juntos. Sua vida não era uma encarnação qualquer na Terra. Sua presença era parte de um plano secreto cujo primeiro passo era descobrir qual era afinal o plano. O esquecimento dado no nascimento era algo a ser rompido por técnicas ocultas e todos os costumes mundanos não passavam do esforço para evitar a grande mudança. Não aconteceria por meio de líderes, gurus ou religiões, era algo mais dentro, mais animal, como um caminho de pureza que abriria uma desobstrução da visão humana, lavando de uma vez as separações arbitrárias produzidas nas cidades e na nutrição da ganância. Com relutância me via obcecado pelo seu mistério, ainda que secretamente desejasse que ela esquecesse daquilo tudo e se importasse apenas com o amor.

Quando Anya desapareceu, Jonas me aconselhou que cuidasse de mim e que essa história de salvadora do mundo era sinal vermelho, que a mudança era sempre comunitária. O velho *hippie* me olhava e entregava algum livro xerocado de meditação ou xamanismo urbano, dizendo que estudar era ideal para ocupar meus pensamentos. Mas suas sabedorias budistas e ocultistas apenas fortaleceram as minhas ferramentas para encontrar Anya.

— Eu encontrei uma guardiã que eu amo muito.

Estremeci e fitei ao meu lado a mulher-gato, em carne e osso.

— É uma senhora cega. Ela me reconhece como gato e cuida de mim, como eu cuido dela. Todas as noites eu entro pela janela do apartamento, não é difícil, é no primeiro andar, porque ela não pode subir as escadas. Minha Cristal é tão solitária e tão bondosa. Ela ficou tão velha, mas seu coração é puro como o de uma criança. Eu durmo junto dela, numa cama cheia de travesseiros. Eu não gosto da comida de gato que ela deixa para mim, e os outros também não gostam, mas são viciados no sal e na gordura. Os gatos do prédio dela são uns viciados! Você precisa ver. Eu dou para eles a comida de gato e acho muita graça, porque eles ficam doidos. É um amor bonito e puro o que há entre mim e a minha Cristal.

— Ela sabe que você fugiu de casa? Sabe que você é uma mulher?

— Ela sabe quem eu sou de verdade.

— Vocês conversam?

— Ela fala comigo. Me conta toda a vida dela e é muito triste.

— E você come o quê?

— A geladeira dela está sempre cheia. Um vizinho faz as compras e a filha manda dinheiro.

— Então você é tipo uma parasita?

Eu não consegui segurar. Estava com ciúmes e falava como um burocrata. Todo meu esforço para estar do lado dela, ignorado em prol de uma vida baldia e às custas de uma velha cega e enganada com sua fantasia de gato. Me sentia constrangido de tanta emoção venenosa brotando em mim, numa inveja espessa. Queria poder perguntar para Jonas o que fazer, mas se eu estava onde estava, é porque não tinha ouvido suas palavras. É preciso aceitar.

— Você quer me prender. Quer que eu seja do jeito que você quer. Você entende que não vou deixar isso acontecer? Preciso que você me deixe em paz.

Eu não sabia nem começar a explicar, perdido naquele jardim. A sabedoria da calma entrou em choque com meu coração partido e, de repente, perdi o ímpeto, não sabia desistir e não sabia seguir. Como quem busca um tesouro pelos sete mares apenas para encontrar um baú repleto de joias impossíveis de se usar. Me senti só, como se estivesse na Lua olhando para a Terra e, lá embaixo, um silêncio de abismo propagava mudo pelo infinito do espaço. Depois de lentos minutos de silêncio, meus pelos se arrepiaram de cima a baixo, quando Anya se aproximou e lambeu minha lágrima com sua língua áspera.

— Eu vi você agora e foi tão bonito.

Depois de dizer isso, a mulher-gato me olhou com olhos fendidos, pétreos e espiralados. Durou muito tempo essa mirada, pelo menos pareceu, e nesse transe seu rosto se transfigurava. Olhos que mesclavam e depois voltavam à dualidade. Senti seu cheiro almiscarado cada vez mais perto, misturando com a noite. No silêncio nossa combinação não parecia tão arredia, nossos ímãs não pareciam polos opostos na estranha medida da atração e da abjeção. Quietos, éramos sagrados. Vi sua boca se transformar e os bigodes cintilantes brotando de seu focinho vibrarem na brisa da madrugada. Meu pensamento expandia e Anya me beijou.

Mergulhamos estranhos naquele banco de jardim abandonado. Nos mordemos e lambemos, vibrando nossos corpos num jeito desesperado e elegante. Profanamos a visão dos querubins de pedra e fluímos, como fosse possível revitalizar a fonte seca, imitando o assédio que os insetos fazem no doce da polpa das rosas. A pele de Anya me enredava numa penugem crescente e brilhante, como um veludo trançado com a luz da lua, que saiu de trás de uma nuvem, matizando nossas cores com seu brilho de reflexo. As tempestades quentes e elétricas pulverizaram meus pensamentos e desapareci em seu peito como um novo eclipse.

Depois comemos amoras gordas e sanguíneas e deitamos nus na grama, com as bocas vermelhas e sorridentes, sem querer falar nada. O agora era um estranho ápice e tudo valia a pena. Mas depois do êxtase, a frieza do tempo galopou e, num erro, pensei no que Anya pensava. Se tudo para ela era apenas uma traição, um desvio de sua missão sagrada. Um frio de estalactite se soltando milímetro a milímetro para cair fatal no meu coração. Mas ela me abraçou, acalentando meu anseio. Chegou sua boca perto da minha orelha e começou a cantar a música de minha infância.

Se essa rua, se essa rua fosse minha,
eu mandava, eu mandava ladrilhar
com pedrinhas, com pedrinhas de brilhantes,
para o meu, para o meu amor passar.

Nessa rua, nessa rua, tem um bosque
que se chama, que se chama solidão
dentro dele, dentro dele mora um anjo
que roubou, que roubou meu coração

Acordei de um sonho, procurando. Anya dormia nos meus braços na grama sem corte. O dia ameaçava despertar, desvendando o jardim secreto. Olhei para a menina dormindo, num ruído doce e notei sua cauda prateada. Esfregando os olhos, vi a imagem borrada dos pelos que eram linhas de luz. Era a coisa mais bela que eu já tinha visto, um milagre estranho e inesperado. No sono de Anya o mistério da metamorfose iluminava o modo como tecia em fios de sonho a malha de sua vida, transformando a si, com a saliva de um néctar oculto. Me encantei e me perdi. Num deslumbre confuso e selvagem, toquei numa carícia o seu rabo flamejante.

Foi rápido. Anya pulou em mim e senti a sua mandíbula empurrar seus dentes no meu nariz, numa força estranha. Com muita dor, empurrei ela de mim e toquei o ferimento que já sangrava. A gata me olhava como se não me reconhecesse, como um monstro.

— Seu homem! Você não percebe nada?
— Anya...

Me sentei, desnorteado com a situação, procurando palavras entre o perdão e a acusação.

— Anya...

Andei até uma torneira usada para aguar as plantas do jardim e lavei meu rosto. A água escorria vermelha, numa tonalidade estranha com a luz amarela dos postes. Meu nariz doía, mas eu não podia vê-lo, para confirmar a imagem que eu imaginava: um borrão de amoras amassadas.

Diante meu silêncio, Anya se acalmou e começou a lamber a própria mão.

— Me desculpe, mas você pediu.
— Você não desce desse altar?
— Você não sabe que não se pode tocar no rabo de um gato de qualquer jeito?

— A gente acabou de transar...

— Viu por que não podemos ficar juntos? E não é culpa sua, mas eu vou te machucar! Você tem que me deixar ir.

Estranhei Anya. Como se fossemos seres de galáxias distintas. A verdade de sua fala doía no meu rosto. Mas não era o suficiente. Nem as amoras no nariz, nem os livros budistas ou a compreensão sábia de Jonas, nem os insultos da mãe de Anya, nada disso podia nos afastar. Apenas o desejo dela.

— Eu peço que você volte e diga a quem perguntar, que estou bem, que estou cumprindo o meu propósito. E eu quero que você viva bem e com força.

— Eu voltarei nessa praça...

— Eu quero que você vá viver.

Vi Anya subir com leveza o muro do jardim. Eu não quis, e nem poderia impedir que ela fosse onde desejasse e se transformasse no que a sua alma pedisse. Uma verdade estranha havia se imposto entre nós e os laços se reconfiguravam de um jeito convulso e silencioso. Lá de cima, a mulher-gato fixou em mim com sua íris espiralada. Olhei seus olhos por uma duração sem tempo, sorvendo o vazio de nós juntos. Mil cartas de amor foram redigidas em um segundo, mas nenhuma palavra ousou revelar tais segredos. Antes dela saltar rumo a aurora irreal, recebi a sua mensagem dentro de mim, sem nenhum ruído, sem palavra, sem eco.

Eu estava na esquina com o violão. Uma encruzilhada de Cachoeira. Um menino parou do meu lado e mandou eu tocar qualquer ritmo. Fui com o lá menor. Joguei um *swing* estilo "Feeling Good". Ficou meio flamenco, ando meio viciado. O menino cantor jogou uma canção de amor. Voz doce ele tinha. Improvisou, deu lição. A música não era feliz, não era triste. Um lamento comum, faltava a batida das músicas de sofrência. O lamento que eu sentia, levando um chocolate 70% cacau para deixar na porta do meu amor, porque falei besteira mais cedo e ficou uma chateação para os dois lados. Cumprimentei o garoto com o soquinho em seu punho fechado, "massa, mano", e subi a ladeira para casa dela. Eu cheguei lá, devagarinho, como um gato, querendo que o violão não falasse por mim. Subi as escadas de passinho, as janelas estavam iluminadas. Será que meu dengo estava na sala ou no quarto? Agachei e deixei o Talento nos chinelos, sobre o tapete, do lado das plantas dos dois lados. Peguei o celular, aproveitando o Wi-Fi dela: deixei um presente nos seus chinelos. KD? Quando? Agora. Já fui.

A cidade estranhamente quieta, ecoando a bagunça da festa de São João que outro dia fez dela formigueiro. Agora tudo quieto, meu 4G já era, não paguei a conta. O que será que ela respondeu? Sem pressa, fui descendo para o rio. Tocar um violão na beira do Paraguaçu. Meu corpo ainda marcado do amor do fim de semana. Tinha um Talento para mim também. Sentei na beira de uma árvore e comi de uma vez. Dois ratos brincavam na beira da água salubre do rio, que estava de maré baixa. Um deles mergulhou logo. O outro parecia cantar. Um canto de rato pela beleza da lama. Aquele tititi fininho, ressoando ondas de rádio pirata para os ouvidos afinados dos morcegos. Ondas no meio do rio, numa parabólica expansiva. O que pingou lá? O cheiro de óleo de dendê da baiana que toca sax para vender acarajé. Sobre a minha cabeça um espaço magnético. Toco um acorde. A velha balada. Eu devia estar testando o ritmo 12/8 do samba do recôncavo para tocar com o pessoal na Casa Amarela.

Mas meu temperamento pede a velha balada. O jeito do mato, o jeito da cantiga da avó. O jeito da ciranda, meio triste, meio dengosa. Mistérios da noite. Eu tocando o violão para o rio vazio. Me lembrei de mais cedo, comprando os chocolates, quando trombei aquela mulher no supermercado. Ela se conteve para me pedir as moedas. A gente sabe o porquê. Outro dia ela me pegou sensível e paguei almoço *self-service* e refrigerante. A madrinha falou comigo na voz dela. Galego. Eu peço, mas é só uma desculpa para conversar com ocê, eu gosto de ocê, mas ocê é meio trancadão. Sim, eu tô trabalhando para largar esse trancado. Ela comentou comigo: eu durmo ali do lado da ponte, nas ferragens, sou viciada. Sem saber, ela respondia. Ela abriu os olhos, chegou perto. Eu fumo a pedra. Você também? Eu não fumo, não. Semana passada eu sonhei com a madrinha. Pensei onde ela dormia. Visualizei o sono desconfortável, sem detalhes, sem espetáculo. Tive um acesso de compaixão que me quebrou todo antes de dormir. A dor do mundo, lembram os budistas. Endurecer sem perder a ternura, esquecem os comunistas. Retomei a magia, o sol abrindo a cada novo dia de dentro dos corações partidos, explodindo o fluxo da vida. O caos responde minhas perguntas com precisão ordenada. São as éticas. A cidade tem várias cidades. Lição do meu padrinho São Jorge, que sempre vem trazer meu coração à frente. Quando você tem São Jorge do lado esquerdo do peito, a proteção é garantida. Mas o guerreiro exige respeito com quem anda pelos caminhos. Quando você deixa a mesquinharia te arregar no medo, você aceita que errou e segue buscando melhorar. Quem sabe, sabe. Quem anda com Jorge se reconhece.

FLOR E ÍRIS

Eu queria te dizer algo.
    Esse homem ficou meses ali, desde que a pandemia caiu. Eu o vi, sem ele saber, até ele me descobrir e me nomear. Eu soprei algumas flores no seu corpo e observei seu olhar abrir em todas as manhãs. À noite espiei por cima de seu ombro diário, ele sentia que não precisava de mais ninguém para suprir seu coração. Eu estive lá, no entanto, acalentando a sua mão, soprando um quentinho que ele não me via.
    Você deve estar se perguntando por que ele não me via. O homem não me via porque ainda estava muito grosseiro e cru, antes de poder me ouvir, ainda que eu estivesse bem aninhada no corpo dele.
    Esse homem, quase homem talvez – me desconcerto em chamá-lo assim. Mas menino não faz tão bem. Esse moço, me faz querer rir. Ele, ali, essa pessoa. Com umas mãos tronco, de pintor antigo, desenhando nuns sensos de luz e sombra, fruindo uns jeitos de roçar-se. Às vezes caia também em um alvoroço e deixava tudo bagunçar, é verdade. De noite, antes de dormir corria a casa pesquisando um mau cheiro. Encontrava um incensário, uma dama-da-noite, que ritualístico só acendia na madrugada, pois visava paixão que convinha aos sonhos.
    Outras horas perdia-se em espreitar o agora. Fazia rir, todo encantado, emocionado com a luz num azulejo, com a presteza das lagartixas, com as lânguidas flores selvagens que rodeavam sua caverna.
    As horas cresciam na quarentena. Dias inteiros ele passou oculto, aturdido, cheio de reflexos. Depois, acordava todo

arredio de si mesmo, tinha de tomar banho, perdoar-se de caminhar dolorido, tirar de seus braços os resquícios de espinhos. Sem querer ele também me machucava, sem saber que eu estava ali no seu ninho. Sim, sem saber ele me ocultava junto e deixava de me dar meu mel, meu docinho.

Você deve estar se perguntando quem sou eu. Mas aqui quero falar dele, tão lindo, mas que tanto errava. E tudo bem, peixe erra, ave, cão. É assim que aos poucos se acerta, se regula e apruma a seta que não vai em linha reta. Intuiu, tentou descobrir quem era. Eu. Errou tão feio! Não! Eu não me escondia atrás da cortina, nas jazidas das orquídeas. Mas também ali, também na hora certa, quem sabe? Brinco mais do que falo sério e já te incomodo. Alia-se com ordenações misteriosas! É o que vem melodioso em matutações, em leite de rosas.

Mas suavemente o homem grande seguiu minhas pegadas ocultas, sim, fervendo água e jogando ervas secas, erva-doce, capim-limão, erva-cidreira, camomila! Benfazeja camomila, dos teus relicários amarelinhos, docinhos, no bule antigo de vó e no tapete arabesco já herança. Alimentou-se de tudo o que era forma de fazer-se mais dócil, alfazema. É verdade que se esforçou, cuidou-se em gestos que não eram nem um pouco mesquinhos, antes o contrário. Reconheceu que vibrava, sim, um jeito de fazer novo caminho. Só não sabia que eu estava ali ajudando! Mas ele me fazia uns bons carinhos, de um jeito absorto e dele.

Era melhor quando procurava sem saber, ou vislumbrava sem ter de encaixar-se numa conotação. Fazia-se assim um tanto mais amplo, altivo, lustroso. Mas tudo tem seu jeito. O que não é visto cria-se justamente como flor de milagre. E tudo tão isolado! Do outro lado nada mais unido que uma árvore. Lá no centro da árvore, tu já pensaste no chacra dela? Ela que não anda, não corre, não viaja, só espera e cresce vagarosa, no lento de uma vastidão. E bate nela toda o mesmo coração, frutífera, arbusto, radícula. Ah! Forjei um sorriso meu em tua face iluminada. Ah, tua beleza! Que delícia habitar na tua vista!

Às vezes ele parava sentado e de olhos fechados por longas durações. Eu via seus braços virarem vento. Seus desejos imantavam uns nos outros, como pequenos redemoinhos vistos toda hora na beira dos sertões. Na Bahia dizia-se em bosques ameaçados de visagem, dos redondinhos das falas musicais e memórias ancestrais. Ele lá galeava nos altos morros, nos baixos ventres.

Pequenas histórias preencheram os dias. Te conto qualquer hora das liras. Quero te ouvir também, das luzes. De mim, concede-me tempo e experiência. De noite, quando acordar semeia aquele sabor que te fez parar para sempre no estreito entre.

Uma paixão longínqua pincelou no céu ainda doído. Guiou-se pela bússola que nunca quebra e sempre aponta para o mais bonito. Queria entregar-se, mas não sabia assim perder-se, aconselhava-se sozinho, como convém o tempo de ficar assim tão só. Era só que ele se via, mas tão cheio e composto que era mesmo o mundo, assim como eu que o beijava secreta, no seu sono. Ria muito quando ele acordava todo cheio, todo crescente, qual lua eriçava os pelos desde o rio dos poros. Eu ria muito! Fazia troça dele, acordando tumultuado na areia fina de seus desejinhos, bem fuinhos, projetados mais amplos na beleza, na realeza dos ramos. O moço querendo ali procriar no deserto do colchão, tracejando uns bordados nos tons roxos da poesia.

Nem sempre ele me agradava. Às vezes ele sintonizava caminhos estranhos. Já vi-o olhando a cidade do alto como um cão danado. Pulava, rodava, o bichinho fugiu assustado e abria-se a porta para uma alucinação esturricada. Tudo tem seu espaço nesse mundo e foi também meu desafio, não? Não fico aqui observando de dentro e querendo tudo dele. Quando é assim é melhor abrir e deixar, abraçar, bendizer. Mas bondade também não pode ser demais, ainda que seja infinita, entrega-se aos poucos em bica de nascente e o rio vai crescendo mar, lá no fim do caminho. Faz-se assim de beber e matar a sede.

Hoje ele me viu e foi do nada. Acordei, tcharam! Era eu ali do lado dele. Foi caso de bom dia. Encostamos nossas coxas no café da manhã. Demos as mãos na hora do almoço. Ele prometeu dar-me abertura para tomar no corpo dele, quando eu quiser, para poder sentir. E deixou que eu escrevesse essas palavras antes de dormir. Só que agora que estou aqui, já disse tanto que não sei mais, será que eu devo dormir? E você? Será que você já me conhece? Meu prazer, meu sustento. Sem você, como vacilaria a minha voz?

Eu te amo! Era isso que eu queria te dizer.

SAIR POR AÍ

Ela chegou e falou "vamos?", mas para onde? Minha irmã, sete anos, com a mochila rosa do Piu-Piu nas costas. O que poderia caber ali? "Vamos pra onde Ju?". E então ela me lembrou de que no dia anterior eu tinha falado para a gente fugir de casa. Eu estava sim chateado com a mãe, com o pai e com tudo, e ela cúmplice, chegou cedo no portão, onde eu brincava com os carrinhos, e eu sem lembrar um pio do que tinha dito ontem. Eu não sabia se ela sabia o que era fugir ou não, tão pequena, mas ela queria encarar a aventura. Fiquei sem saber o que dizer diante de tais expectativas tão pouco embasadas na realidade. Como seria dizer para ela que não, nunca havia sido um plano fugir realmente de casa, que era só um piti de menino amuado, transformando em imaginação a vontade muito real de sair por aí, vagando. A mãe às vezes dizia, quando se estressava, que qualquer hora ela ia sair sem rumo, enfatizando esse "sem rumo" de um jeito que dava medo.

A Ju realmente fugiu de casa naquele dia. Igual vemos nos filmes e livros: a mancebinha pega um cabo de vassoura e amarra um pano na ponta para fazer uma trouxinha básica, uma rústica bagagem onde carrega os tesouros e pequenos objetos úteis para crianças. Um batom, um prego, um potinho de lantejoulas e uma pelúcia. Um suspiro de liberdade, mas também o medo, que fez Ju chegar até a esquina e voltar, depois de ter avisado todo mundo que ia fugir e ninguém acreditar.

O sabor de uma aventura pode ser tudo que basta, uma loucura tênue, sutil, que esfria a barriguinha e arregala os olhos. E ela voltou correndo com sua mochilinha e sabia o caminho em linha reta até o quintal e a segurança do vô e da vó. E é estranho que em algum lugar outra criança tenha que fugir de casa com seu saquinho de pequenos objetos mais ou menos úteis, com o tesouro apenas da inocência diante uma centena de encruzilhadas. Dentro de casa, também se contam os cantos, em vertigens e pequenos jogos. Como quando eu caminhei pelo quintal de olhos fechados. Ali a escadinha, o terraço e as plantas da vó. Uma porta, um botão perdido de uma camisa velha no canto de uma janela. O quartinho das aranhas com as garrafas velhas lá no fundo do terreno.

Minha vó achava que eu era louco de descer os morros da praça com minha bicicleta. Era arriscado, a descida íngreme, o chão de grama escorregadio. Ela dizia que eu iria quebrar o pescoço. Não seria uma fratura qualquer, um mero braço quebrado. Era o pescoço. Só podia ser uma superstição de velha. Podia apenas ser um eco de uma senhora que não andava de bicicleta. E a vó chegava na praça e dizia: "Você vai quebrar o pescoço, menino". E cada vez que eu descia e não quebrava o pescoço eu provava para o mundo que eu sabia o que fazer. E eu já caí em todo tipo de buraco, ralei todo tipo de canto, mas nunca naquele morro inclinado. Mas vovó estava certa, porque depois aprendi que a vida pode cobrar o que você faz quando anda por aí de olhos fechados ou confia em lugares lisos demais. O que ela via muito bem, era o risco de se perder. De lamber a cara do perigo e o perigo morder de volta. E ninguém poderá dizer que ele "não faz nada, não".

Fugindo de casa, com sua mochilinha, Ju encontrou a esquina. Uma história com começo, meio e fim, que dura apenas um minuto. Mil passos infinitos, que podem conter monstros e anjos, seres altos adultos e bichos, cachorros bravos e um ninho de ovos quebrados. No asfalto o pássaro morto e o doce cheiro da morte. Mas para a menina, a tal, longínqua, ainda é apenas um calor que descobre o frio, da rua que cresce faminta para outras ruas muito maiores e distantes e estradas e outros países, tudo que está para o além.

O LOUCO

I

Abro os braços no meio da rua e estou exposto para o povo a quem sou estrangeiro. Não sei onde estou e não lembro quem sou, mas sei que essa não é minha terra. Estranhamente, não há medo ou pavor, as lágrimas querem sair dos olhos, mas parece que quero mesmo é rir. Rir de alívio não sei de quê. Outra coisa que sei, pelo cheiro, é que choveu uma doce chuva de verão. Também sei que cada esquina é um arabesco incompreensível, mas, ainda assim, um arabesco. Certo, em meus sentidos percebo manchas, sensações e as ondas dos corações que pulsam na altura onde estão os peitos arfantes dessa gente que eu desconheço. É o suficiente, já posso caminhar.

    As mulheres com turbantes, agora vejo, estão vendendo laranjas e equipamentos eletrônicos em bancas coloridas, numa rua de terra batida e molhada, cheia de cachorros e pássaros tentando pegar peixes que estão dentro e fora das bacias. Sou como os peixes, estou fora das bacias, mas aprendi a respirar o ar dissecado e tenho mãos, roupas, olhos de gente, um cheiro confuso e o jeito de andar em pé, que está sem correntes. Também não há malha fechando meu rosto, meus lábios abrem e fecham. Os pelos crescem, mas muito devagarinho e as lágrimas querendo sair de rir mostram que a água corre por mim. Olho minhas mãos e vejo as linhas com jeito de deserto. O calor vem aos poucos tomando lugar da umidade, fazendo subir um vapor quente da rua. As vozes soam ondulares e frenéticas, na língua que desconheço. Os negócios estão crescendo com o sol! Um pequeno ônibus repleto de gente sorridente vazando pelas portas corta a rua. Sorrio para uma menina que passa pequena com um cadeado aberto numa mão e na outra, a mão de uma senhora. A menina é tão pequena, e a vó parece tão grande. Por que está com um cadeado na mão? Aberto. Sorrio para ela, mas ela não me vê, mesmo que me olhe nos olhos.

Uma melodia que me encanta como a uma serpente. A origem da música é um grupo de mulheres repletas de joias, que cantam e batem o pé e usam sementes em pulseiras ao redor dos braços como percussão. Suas vozes altas e agudas mesclam-se em acordes indefinidos, cíclicos ou espiralados. O frenesi é tanto que começo a girar e todo mundo ri e eu rio também. Sinto-me ali solto e percebo que o mundo é um corpo. As ervas-de-cheiro na horta são matas e as florestas e desertos acontecem até mesmo na exploração dos poros. Talvez eu tenha andado por centenas de quilômetros ou voado nas costas das aves, talvez eu tenha sido sequestrado e praticado atrozes atos. Não sei. Com meus olhos amplio as espirais que voam aos céus e descem nas bocas daquelas mulheres que giram de olhos fechados, chacoalhando seus braços cheios de conchas, pedras e miçangas, suas vozes altas, acompanhadas por uma voz mais grave que ressoa redonda, profunda, e isso escurece as cores das espirais, bem quando crianças brilhantes começam a correr feito vento em rochas lisas.

Danço com as crianças, belas fadas de ninar que se aproximam e abrem suas bocas e vejo que dentro delas saem borboletas, centenas, que se aproximam e não lembro de nada, mas estou certo de que nunca me senti tão feliz. São tantas as cores, tantas as luzes, que começo a cantar junto com as mulheres e com os homens cantores, e chega então um outro tipo de gente, que trabalha com tambores, caixas e cordões, para fazer uma nova camada sonora como um grande chiado cheio e balouçante. Mexe bem na minha barriga, sinto profundamente vibrar as minhas entranhas vazias. Mas meu corpo tem vigor e não perde o movimento que parece transparecer a composição dos objetos. Em minha falta de memória, nunca tinha visto um país tão alegre logo pela manhã, cheio de dança e sem vergonha. Estou tão feliz que não perco tempo pensando onde estou, enquanto as redondilhas e caixas fortes daquelas músicas impossíveis fazem meu corpo girar, vibrar, balançar.

Um cão abana o rabo e tenta morder minha calça verde. Uma mulher sentada com uma bacia de feijões-crus e sorri com um dente de ouro. Oi, minha senhora, que belos dentes, sabe onde estou? Ela ri, mas não sabe bendizer nem maldizer, pois sua palavra não vibra. O silêncio da música irrompe e o mundo fica mudo. Entendo que não é hora de dizer e aceito, sem deixar de acompanhar aqueles dentes brilhantes e aquele sorriso sedutor, os olhos escuros e suas densas sobrancelhas. Ela me pede silêncio, insubmissa. Com um gesto misterioso, aponta uma direção com o dedo e percebo que sua mão devia ter mais de cem anos, cheia de anéis estranhos e em um deles vejo a face de um touro, em outro uma meia lua, em outro algo que mudava de forma e me faz desviar o olhar. O dedo apontava para uma direção mais vazia da cidade, uma rua com um burrinho amarrado num poste, uma sorveteria muito antiga e poças de água como pequenos açudes, que representavam cópias turvas do mundo. Tudo aquilo é muito bonito e muito triste, e penso que se era meu destino, eu devia seguir o dedo anelado da senhora dos dentes de ouro. Como se me ouvisse os pensamentos, ela assente com a cabeça e abre um sorriso largo que me deixa ver novamente aquela boca brilhante. Sorrio para ela, sentindo as lágrimas mexendo nas bolsas dos olhos, pois havia algo naquele caminho que não harmonizava com a alegria da cantoria de antes. Passo a passo vou seguindo seguindo, até chegar numa rua mais estreita, depois do burro e das poças de água.

Olho para trás para confirmar o olhar da velha, que não estava mais lá e percebo que alguma coisa minha tinha ficado com ela, mas não sei dizer o quê. Sigo pela rua estreita. A paisagem está encharcada e um cheiro de esterco permeia o ar. As portas de madeira iam desmanchar logo. Essa parte da cidade, tão diferente, me faz pensar se já era outra cidade. Quando chego ao fim da rua, me deparo com três caminhos e ninguém para me ajudar a escolher. Hesito e sigo pelo meio, e penso na lua pendurada no dedo da senhora do dente de ouro.

Sigo alerta, dou um passo que alonga o tempo. O caminho se dilata e facilita a andança. Começo a reconhecer a paisagem. Aquela palmeira! Veja! Aquela roda de madeira velha que está ali faz tantos anos. Fico tão animado que começo a correr e saltar e sorrir para o sol. O caminho se abre para que eu possa descobrir quem sou, quem sabe? Logo à frente vejo uma mangueira muito bonita e verdejante que me concede o sabor delicioso de uma fruta. Sinto as fibras daquela manga e sem medo deixo os fiapos entrarem entre meus dentes. E sem medo me deito sob a sombra daquela maravilhosa árvore conhecida, minha amiga tão antiga e tão amada.

Acordo com um susto duradouro, pois um velho sem dentes me encara, mascando os próprios lábios. Seus olhos são muito assimétricos e sua pele enrugada é de um azul-celeste irreconhecível. Tudo é singular em seus trajes: usa o que parece ser uma túnica velha elegante, muito maior que seu corpo, como se tivesse roubado da tumba de um rei morto. O ancião age com movimentos exorbitantes, mexendo os braços sobre mim e quando balbucia palavras confusas na língua desconhecida, sinto as gotículas de saliva caindo em meu rosto. Desperto. A sombra da mangueira ainda me acaricia a pele, evitando o excesso do sol, e sinto o gosto da manga de antes, descobrindo com a língua um fiapo entre meus dentes. Pergunto ao homem onde eu estou, mas ele não sabe me responder, tampouco consigo entender. Me levanto e arrumo a gola de minha jaqueta verde. Calço as botinhas douradas e esfrego os olhos empoeirados para um novo momento. Como sou muito mais alto do que o homem, ele olha para cima e abre a boca sem dentes, como quem avista o topo de uma montanha. Começo a rir do maltrapilho, como quem pensa: vossa majestade! E ele parece ouvir meus pensamentos, caindo junto na gargalhada. O homem azul e velho é ágil e escala meus ombros, abraçando meu pescoço. Parece que vai me enforcar, mas ajeito seu corpo nas minhas costas, como se ele fosse uma criança querendo ver um espetáculo. Ele batuca na minha cabeça com os dedos e vejo, surgindo sobre meus olhos, seu dedo magro, apontando a direção para onde desce o sol.

Como não sei de nada, aceito o direcionamento e seguimos andando pela estrada de terra. Ele cantarola uma canção, num murmúrio particular, o ar passando de um jeito único por sua boca sem dentes. Às vezes os lábios soltam-se chacoalhantes e fazem um som grave. Em outros momentos, parece um assovio agudo que imita aves de rapina. A coerência de sua canção não é sublime ou exuberante, mas doce e mantém os ânimos elevados. Sinto saudade das crianças e suas borboletas. Andamos rumo ao natural, um reino de árvores de copas altas, soltas e crescentes em pastos largos. Mugem vacas e lagartos rastejam ágeis pela terra rubra. Logo aparece um cachorro com olhos doces e da cor do mel. O doce companheiro abaixa a cabeça pedindo afeto. Dou risada e choro com o bicho. O velho azul parece regozijar enquanto batuca mais um pouco na minha cabeça. Não dói, é uma espécie de massagem rítmica no cocuruto. Esse movimento me embala e percebo que consigo acompanhar a canção. Bato os pés e danço levemente, murmurando uma melodia em contraponto, e o velho ri intensamente sobre minha cabeça, voltando a cantar.

O ruído todo cessa quando chegamos numa trilha diferente. O velho parece reconhecer o lugar e fica sério. Batuca na minha cabeça e aponta uma direção que leva para uma trilha de pedras larga e sinuosa. Entendo, colocando os pés na areia e encontrando conchinhas esquecidas entre os pedregulhos, estamos caminhando no leito de um rio que havia secado. Com tristeza e beleza em meu coração, olho para cima em busca dos olhos do velho para entendê-lo, mas apenas vejo seu nariz e sua barbicha. O leito do rio, perolado e lindo, deixa sentir a umidade de centenas de anos de fluidez sobre aquele manto, agora adocicado. Onde está a água? E o céu, cheio de nuvens, querendo bocejar uma resposta, optou pelo silêncio.

Então chegamos a um lugar magnífico e sombrio. Um abismo. A beira do pico de uma cachoeira de altura incalculável, o fundo da queda tão distante que dava vertigens e congelava as entranhas. O velho azul salta de minha cabeça com agilidade surpreendente. Olho para ele com olhos de dúvida e ele sorri de volta. Coloca dois dedos na boca vazia e sopra um assovio muito agudo e alto. Vejo que seus olhos são amarelados e que ele sustenta um cajado que orna com seus trajes largos de fidalgo. Sinto que chegamos em um lugar importante e que a espera deve ser aproveitada.

De trás das pedras e de trás das árvores aparecem pessoas. Ninguém fala, apenas grunhem e fazem gestos que parecem copiar uma cultura antiga, exibindo um respeito categórico, antiquado e divertido. Há pelo menos dez figuras humanas e examino cada uma delas. Uma senhora sorridente, com rosto redondo e um vestido puído, segura um pedaço de pau, rodeada por sete gatos que miam dissonantes e chorosos. Um homem com barba muito ampla, esquálido. Sua pele é coberta de tatuagens e seu porte cinzento impõe uma força fraca e incompreensível, muito sério, como um líder que olha para seu exército em declínio. Vez ou outra ele olha assustado para o céu, sendo repetido por outros, procurando alguma coisa. Vejo um dançarino desajeitado que solta sons desconexos entre gargalhadas. Vestido de arlequim, não tem braços e seus olhos são grandes pérolas verdes sem brilho. Ele me manda um beijo, e entendo que ele é como um irmão. Retribuo soprando lábios invisíveis de minha mão. A beleza de meus gestos me desperta para o corpo. Meus trajes verdes, minhas botinhas douradas. Pela primeira vez, percebo que não me lembro do meu rosto, então noto uma pedra-balão, que chamo assim por seu formato. Em cima dela, um jovem moço, muito feminino, cobre-se todo com um manto branco, e vejo que seus trajes de cima são negros e apenas as saias são brancas. Sua cabeça oculta parece virar-se sempre, sem nunca girar para a frente. Toda a situação me parece impossível e viro os olhos para meu amigo, o velho azul, que já prepara uma grande fogueira, enquanto todo mundo leva gravetos e pedaços secos de árvore. Participo do processo achando paus de cheiro muito agradáveis que fariam a noite mais perfumada. A senhora rodeada de gatos me olha e sorri, e eu retribuo interessado em seus felinos. Um deles é como um leão amarelado, uma pinta real. Uma outra, magrela e cinzenta, tem olhos azuis como pedras preciosas.

    Com a fogueira acesa e com o fogo exultando na madrugada, começa uma verdadeira festa. Dançamos ao redor da fogueira e tudo se transforma. O fogo assume formatos diferentes: uma serpente enorme e de pescoço gordo sopra uma língua dividida e moldada de flamas imortais. Nesse giro contínuo e batuqueiro, veem-se das pessoas diversos ângulos e formas. O velho azul reza de pescoço em pescoço. O menino dos trajes branco e preto continua com seu rosto nunca visível, e algo me diz que isso acontecia porque ele tem uma boca de peixe. O velho cinzento e tatuado se revela um dançarino elegantíssimo, como um grilo, apontando insistentemente para o céu. Uma mãe muito jovem e resplandecente surge com três bebês, um de cada cor, mas que de alguma forma são gêmeos. O amarelo, o vermelho, o roxo. A situação é hilária: os bebês são excelentes músicos e tocam ocarinas, sinos e marimbas feitas de madeira fresca, ressoando junto com as badaladas guiadas a todo momento nas cabeças pelo velho azul.

Sinto amor por cada um dos seres perdidos e absurdos que me acompanham. Mas quando a aurora ameaça, o velho azul bate o pé com um tremor sentido por todos, e tudo cessa no leito seco do rio. Um beija-flor estridente e doce se aproxima do meu ouvido e transmite uma mensagem de tranquilidade, pois o afeto da noite ainda está quentinho em meu corpo e beija-flores carregam consigo um coração tão veloz que fazem a preocupação parecer de uma lentidão sem sentido. O velho olha cada um e maneja o cajado: bate no braço de alguém, aponta o chão, bate na perna de outro e indica outro canto. Cada ser é colocado em seu devido lugar, resultando numa figura disforme. Não me surpreendo quando o velho azul bate em minha cabeça, algo que ele parecia sentir certo prazer em fazer, mas me assusto ao entender que o ponto indicado é a própria beira do abismo. Um cachorro preto senta-se nos meus pés.

Uma cachoeira é um abismo com água, mas sem água, é apenas um abismo, inclinado sobre um nada imenso, numa noite que quer clarear. Não quero ser o primeiro na ponta do pico sem fundo. O velho não me trata de forma especial e, depois que todos se sentam em círculo, ele começa um murmúrio, uma tônica grave e pulsante. O murmúrio soa oito vezes e, na nona, ganha muita força, redundando quase num grito: AAH. Hum hum hum hum hum hum hum AAH. O velho gira ao nosso redor soando tal som e gritando AAH no intervalo. A velha dos gatos se junta depois o tio com as tatuagens e logo todos estão murmurando e gritando. Me sinto congelado por dentro, diante do abismo. Tão profundo! Parece infinito e tão escuro, sem deixar ver nada, absolutamente nada. Não há estrela, planeta ou sol capaz de iluminar aquela vastidão de lugar nenhum. Sequer sei quem sou e minha voz, congelada, não quer dizer o murmúrio do velho. Mesmo assim, a batida do cajado vibra meus pés, e começo a mexê-los mais forte. As vozes crescem sob o comando do velho azul, que pulsa uma garganta inacreditável. Sua voz ressoa e a sinto vibrar dentro de mim. Cristalizado e lento, minha voz não tem vida própria. O hum hum do velho remexe desde minha barriga, sobre até minha garganta. O velho azul com sua voz é capaz de tocar em minhas cordas vocais, como um ser superior que toca uma harpa incompressível. E com uma cócega estranha dentro de meu pescoço, sou obrigado a abrir a minha boca e permitir que o murmúrio saia na vastidão sob meus pés. O grito chega e abandono qualquer observação sobre o abismo ou sua escuridão. Confio no velho azul, pois é o que me resta.

    Dançamos novamente na alvorada. Incontáveis vezes vibramos nosso Hum Hum Hum, cada vez mais forte e rimos e giramos mais rápido. O velho vai ficando roxo, prestes a explodir enquanto bate o cajado criando sob nossos pés verdadeiros terremotos. Mais forte e mais rápido. ΛΛΛH. E quando tudo parece insuportável, a aurora urde com uma grande enxurrada, uma torrente grossa, magnética, fria e quente, borbulhando uma abertura de luz sem limite. O rio nos atravessa, desfibrilando um canal de água furta-cor fúlgida. A força é suficiente para nos arrastar, mas tão doce que a princípio passa por mim. Senti a substância mergulhar em cada poro do meu corpo, tocando cada detalhe e dissolvendo até a poeira dos meus ossos. Minha máquina de existência amolece de prazer colossal. Insuportável! Uma delícia insuportável que chega a parecer dor, mas que é riso, choro, alegria, saudade, frio, medo, abraço, encanto, feitiço, paixão, amor, zelo, cauda de cometa. Meu corpo se perde e meus pensamentos desaparecem. A leveza do vazio toma conta de cada camada do meu ser, tão leve, como a folha de luz de uma árvore invisível. E todos os seres da noite, inclusive o velho azul, ressurgem como figuras translúcidas, sorridentes, iluminadas pelo jorro. Uma maravilha. A dissolução das diferenças que não sejam um pulso contínuo. E eu entendo o que havíamos feito, pois todo o humhumhum não era mais a voz de ninguém: era o próprio ritmo daquele caldo espectral e a melodia do pulso que habita todo lugar, criando uma corda de som que perfura o abismo. Todos olham para mim e eu me lembro: "eu sou o primeiro". Confio e pulo, mergulhando no abismo da escuridão imensurável.

II

Primeiro foi o nada, impossível.
    Depois a luz, infinita.
    Então eu nasci, de uma bolha d'água que caiu do abismo sem fim, atravessando o deserto impronunciável, e percebi nas frestas de luz os rostos de seres grandes, vestidos de branco, com grandes olhos que riam para mim. Gritei e soltei toda agonia e prazer de sentir o tempo em minha pele perfumada de águas doces e turvas. Separado do abismo, estava todo

grudado e lambuzado. Uma mulher séria apareceu e cortou o cordão que me salvou na jornada, do tempo eterno daquela queda sem fim, que ressoava em todos os sentidos o pulsar onipresente do velho azul.

    Quando abri os olhinhos pastosos, minha boca e meu corpo grudaram em mim e o cheiro do mundo extasiou meus sentidos completos. Chorei. Tudo, tudo, uniu neste corpinho e eu lambi meus lábios minúsculos e mexi meus bracinhos sem razão. Mais uma vez não sabia onde estava, me assustei e me apeguei à saudade daquele rio de luz imenso, com medo de nunca mais vê-lo e nunca mais sentir aquela paz perfeita que dissolvia todo o medo e toda a separação. Agora eu era tão separado e tudo me olhava e me esperava e me excitava e era tudo novo. Eu chorei, tive medo pela primeira vez, e meu peito se encheu de ar profundo. Foi nesse momento que minha mãe, com lágrimas nos olhos, me pegou no colo e disse: "meu filho". E ela me deu o peito em minha boca pequena e meus lábios pararam de chorar para suspirar humhumhumaah, e eu mamei pela primeira vez. No gosto do leite fechei os olhos e senti o doce sabor que era o mesmo rio de luz que me atravessou e me jogou no abismo para nascer de novo. E eu pude mergulhar nos sonhos cheios de espirais e fios de matas que alimentavam corpos em várias dimensões, enquanto mamãe dizia "dorme, meu amor" e me fazia terremotos gentis nas costas e era tão bom. E eu percebi que poderia dormir e seria cuidado por aquele céu azul-claro, e que estava tudo bem naquele jardim cheio de flores e que todo o universo era minha Terra. E meu espírito pôde finalmente descansar, pois era um grande espírito antigo, que estava guardado em meu coração.

    E eu finalmente descobri quem eu era e pude, com calma, esquecer novamente.

CARA LEITORA, CARO LEITOR

A **Cachalote** é o selo de literatura brasileira do grupo **Aboio**.

Lemos, selecionamos e editamos com muito cuidado e carinho cada um dos livros do nosso catálogo, buscando respeitar e favorecer o trabalho dos autores, de um lado, e entregar a vocês, leitores, uma experiência literária instigante.

Nada disso, portanto, faria sentido sem a confiança que os leitores depositam no nosso trabalho. E é por isso que convidamos vocês a fazerem cada vez mais parte do nosso oceano!

Todas as apoiadoras e apoiadores das pré-vendas da **Cachalote:**

> — têm o nome impresso nos agradecimentos dos livros;
> — recebem 10% de desconto para a próxima compra de qualquer título do grupo Aboio.

Conheçam nossos livros pelo site **aboio.com.br** e sigam nossos perfis nas redes sociais. Teremos prazer em dividir com vocês todos nossos projetos e novidades e, é claro, ouvir suas impressões para sempre aprendermos como melhorar!

Embarque e nade com a gente.

Cada livro é um mergulho que precisa emergir.

APOIADORAS E APOIADORES

Agradecemos às 225 pessoas que confiaram e confiam no trabalho feito pela equipe da **Cachalote**.
Sem vocês, este livro não seria o mesmo.
A todos os que escolheram mergulhar com a gente em busca de vozes diversas da literatura brasileira contemporânea, nosso abraço. E um convite: continuem acompanhando a **Cachalote** e conheçam nosso catálogo!

Adriane Figueira Batista
Alexander Hochiminh
Alexandre
      Scoqui Guimarães
Aline Mery
      da Silva Fagundes
Allan Gomes de Lorena
Amanda Santo
Ana Carla Boldrin Trinca
Ana Gabriela
      Devides Castello
Ana Maiolini
André Balbo
André Pimenta Mota
Andreas Chamorro
Anna Martino
Anthony Almeida
Antonio Arruda
Antonio Pokrywiecki

Arman Neto
Arthur Lungov
Benedita Luiza
      da Silva Lourencini
Bianca Monteiro Garcia
Bruna Helena
      Nunes Caruso
Bruno Coelho
Caco Ishak
Caio Balaio
Caio Girão
Caio Mader
Calebe Guerra
Camilla Loreta
Camilo Gomide
Carla Guerson
Cássio Goné
Cecília Garcia
Cintia Brasileiro

Claudine Delgado
Cleber da Silva Luz
Cristhiano Aguiar
Cristina Machado
Daniel A. Dourado
Daniel Dago
Daniel Giotti
Daniel Guinezi
Daniel Leite
Daniel Longhi
Daniela Rosolen
Danilo Brandao
Denise Lucena Cavalcante
Dheyne de Souza
Diogo Mar
Diogo Mizael
Dora Lutz
Eduardo Alves da Silva
Eduardo Rosal
Eduardo Valmobida
Enzo Vignone
Fabiana Santos
Fabio Demartini Camargo
Fábio Franco
Febraro de Oliveira
Flávia Braz
Fláviane de Araújo
    do Carmo Fiuza
Flávio Ilha
Francesca Cricelli
Frederico da C. V. de Souza
Gabo dos livros

Gabriel Bertolo
Gabriel Cruz Lima
Gabriel de
    Oliveira Morgante
Gabriel Stroka Ceballos
Gabriela Loreti
Gabriela Machado Scafuri
Gabriela Sobral
Gabriele Borges
Gabriella Martins
Gael Rodrigues
Gerson Brandão
Giovana Louise
    Ribeiro Tanajura
Gisele Rizzatto Castello
    Prado e Sousa
Giselle Bohn
Guilherme Belopede
Guilherme da Silva Braga
Guilherme Ubeda
Gustavo Bechtold
Gustavo Ubeda
Hanny Saraiva
Henrique Emanuel
Henrique
    Lederman Barreto
Iana Lopes Alvarez
Imyra Isipon
Ivana Fontes
Jacqueline Ferraz de Lima
Jadson Rocha
Jailton Moreira

Jairo Sérgio
      da Silva Benevides
Jaqueline Rabello
Jefferson Dias
Jessica Ziegler de Andrade
Jheferson Neves
João Henrique
      Tissot Nachtigall
João Luís Nogueira
Jorge Verlindo
José Francisco
      de Brito Filho
José Luis Boldrin e Juliana
Ramos Boldrin
Júlia Gamarano
Julia S. Abdalla
Júlia Vita
Juliana Costa Cunha
Juliana Ramos Boldrin
Juliana Slatiner
Juliana Vieira da Silva
Júlio César
      Bernardes Santos
Laís Araruna de Aquino
Laís Meneguello Bressan
Lara Galvão
Lara Haje
Larissa Gurjão de Brito
Laura Redfern Navarro
Leitor Albino
Leonam Lucas Nogueira
Leonardo Pinto Silva

Leonardo Zeine
Lili Buarque
Lilian Bardy Santos Diniz
Lincoln Furlan Ando
Lohanna Louise
      Tanajura Dantas
Lolita Beretta
Lorenzo Cavalcante
Lucas Ferreira
Lucas Lazzaretti
Lucas Verzola
Lucia Fernandes
Luciano Cavalcante Filho
Luciano Dutra
Luis Cosme Pinto
Luis Eduardo
      Viana Vicente
Luis Felipe Abreu
Luísa Machado
Luiza Leite Ferreira
Luiza Lorenzetti
Mabel
Maíra Thomé Marques
Manoela Machado Scafuri
Marcela Roldão
Marcelo Conde
Marco Bardelli
Marcos Vinícius Almeida
Marcos Vitor
      Prado de Góes
Maria de Lourdes
Maria Eugênia Lopez

Maria Fernanda
    Vasconcelos
    de Almeida
Maria Inez Porto Queiroz
Maria Luíza Chacon
Mariana Brandão Zanelli
Mariana Donner
Mariana Figueiredo Pereira
Marina Defalque
Marina Lourenço
Mateus Borges
Mateus Magalhães
Mateus Torres
    Penedo Naves
Matheus Picanço Nunes
Mauro Paz
Mikael Rizzon
Milena Costa
Milena Martins Moura
Monalysa de Melo Pereira
Natalia Timerman
Natália Zuccala
Natan Schäfer
Nathália da Luz Lage
Otto Leopoldo Winck
Paula Luersen
Paula Maria
Paulo Scott
Pedro Torreão
Pietro A. G. Portugal
Pink
Radi Oliveira dos Santos

Rafael Atuati
Rafael Mussolini Silvestre
Raiza Campregher
Raphaela Miquelete
Réa Sílvia
    Ramos Montagner
Ricardo Kaate Lima
Ricardo Pecego
Rita de Podestá
Rodrigo Barreto
    de Menezes
Rodrigo Casaut Melhado
Rosa Helena
    da Costa Ramos
Samara Belchior da Silva
Sergio Mello
Sérgio Porto
Taina Souza Santos
Thais Fernanda de Lorena
Thaís Nogueira
Thassio Gonçalves Ferreira
Thayná Facó
Tiago Henrique Piza
Tiago Moralles
Tiago Velasco
Valdir Marte
Vinicius Omar
Weslley Silva Ferreira
Wibsson Ribeiro
Yasmim Alonso Uehara
Yvonne Miller

PUBLISHER Leopoldo Cavalcante
EDITOR-CHEFE André Balbo
REVISÃO Marcela Roldão
DIREÇÃO DE ARTE E CAPA Luísa Machado
PROJETO GRÁFICO Leopoldo Cavalcante
ASSISTÊNCIA EDITORIAL Gabriel Cruz Lima

© da edição Cachalote, 2024
© do texto Guilherme Boldrin, 2024

Todos os direitos reservados. Nenhuma parte desta obra pode ser reproduzida, arquivada ou transmitida de nenhuma forma ou por nenhum meio sem a permissão expressa e por escrito da Aboio.

Grafia atualizada segundo o Acordo Ortográfico da Língua Portuguesa de 1990, que entrou em vigor no Brasil em 2009.

Dados Internacionais de Catalogação na Publicação (CIP)
Aline Graziele Benitez — Bibliotecária — CRB-1/3129

Boldrin, Guilherme

   O cuidado dos sonhos : histórias de folias e sombras / Guilherme Boldrin. -- 1. ed. -- São Paulo : Cachalote, 2024.

   ISBN 978-65-83003-42-3

   1. Contos brasileiros. I. Título.

25-247147   CDD-B869.3

Índices para catálogo sistemático:
1. Ficção : Literatura brasileira

[2024]

Todos os direitos desta edição reservados à:
ABOIO EDITORA LTDA
São Paulo — SP
(11) 91580-3133
www.aboio.com.br
instagram.com/aboioeditora/
facebook.com/aboioeditora/

[Primeira edição, dezembro de 2024]

Esta obra foi composta em Adobe Caslon Pro.
O miolo está no papel Pólen® Bold 70g/m².
A tiragem desta edição foi de 300 exemplares.
Impressão pelas Gráficas Loyola (SP/SP).

A marca FSC® é a garantia de que a madeira utilizada na fabricação do papel deste livro provém de florestas que foram gerenciadas de maneira ambientalmente correta, socialmente justa e economicamente viável, além de outras fontes de origem controlada.